गौरा पन्त 'शिवानी'

गौरा पंत 'शिवानी' का जन्म 17 अक्तूबर, 1923 को विजयादशमी के दिन राजकोट, गुजरात में हुआ।

आधुनिक अग्रगामी विचारों के समर्थक पिता श्री अश्विनीकुमार पांडे राजकोट स्थित राजकुमार कॉलेज के प्रिंसिपल थे, जो कालान्तर में माणबदर और रामपुर की रियासतों में दीवान भी रहे। माता और पिता दोनों ही विद्वान्, संगीत-प्रेमी और कई भाषाओं के ज्ञाता थे। साहित्य और संगीत के प्रति एक गहरा रुझान शिवानी को उनसे ही मिला। शिवानी जी के पितामह संस्कृत के प्रकांड विद्वान् पं. हरिराम पांडे, जो बनारस हिन्दू विश्वविद्यालय में धर्मोंदेशक थे, परम्परानिष्ठ और कट्टर सनातनी थे। महामना मदनमोहन मालवीय से उनकी गहन मैत्री थी। वे प्राय: अल्मोड़ा तथा बनारस में रहते थे, अत: अपनी बड़ी बहन तथा भाई के साथ शिवानी जी का बचपन भी दादाजी की छत्रछाया में उक्त स्थानों पर बीता, उनकी किशोरावस्था शान्तिनिकेतन में और युवावस्था अपने शिक्षाविद् पति के साथ उत्तर प्रदेश के विभिन्न भागों में। पति के असामयिक निधन के बाद वे लम्बे समय तक लखनऊ में रहीं और अन्तिम समय में दिल्ली में अपनी बेटियों तथा अमरीका में बसे पुत्र के परिवार के बीच अधिक समय बिताया। उनके लेखन तथा व्यक्तित्व में उदारवादिता और परम्परानिष्ठता का जो अद्‌भुत मेल है, उसकी जड़ें इसी विविधमयतापूर्ण जीवन में थीं।

शिवानी की पहली रचना अल्मोड़ा से निकलनेवाली 'नटखट' नामक एक बाल पत्रिका में छपी थी। तब वे मात्र बारह वर्ष की थीं। इसके बाद वे मालवीय जी की सलाह पर पढ़ने के लिए अपनी बड़ी बहन जयंती तथा भाई त्रिभुवन के साथ शान्तिनिकेतन भेजी गईं, जहाँ स्कूल तथा कॉलेज की पत्रिकाओं में बांग्ला में उनकी रचनाएँ नियमित रूप से छपती रहीं। गुरुदेव रवीन्द्रनाथ टैगोर उन्हें 'गौरा' पुकारते थे। उनकी ही सलाह पर कि हर लेखक को मातृभाषा में ही लेखन करना चाहिए, शिरोधार्य कर उन्होंने हिन्दी में लिखना प्रारम्भ किया। शिवानी की पहली लघु रचना मैं मुर्गी हूँ, 1951 में 'धर्मयुग' में छपी थी। इसके बाद आई उनकी कहानी लाल हवेली और तब से जो लेखन-क्रम शुरू हुआ, उनके जीवन के अन्तिम दिनों तक अनवरत चलता रहा। उनकी अन्तिम दो रचनाएँ सुनहु तात यह अकथ कहानी तथा सोने दे उनके विलक्षण जीवन पर आधारित आत्मवृत्तात्मक आख्यान हैं।

1979 में शिवानी जी को 'पद्मश्री' से अलंकृत किया गया। उपन्यास, कहानी, व्यक्तिचित्र, बाल उपन्यास और संस्मरणों के अतिरिक्त, लखनऊ से निकलनेवाले पत्र 'स्वतंत्र भारत' के लिए शिवानी ने वर्षों तक एक चर्चित स्तम्भ वातायन भी लिखा। उनके लखनऊ स्थित आवास-66, गुलिस्ताँ कालोनी के द्वार लेखकों, कलाकारों, साहित्य-प्रेमियों के साथ समाज के हर वर्ग से जुड़े उनके पाठकों के लिए सदैव खुले रहे।

निधन : 79 वर्ष की आयु में, 21 मार्च, 2003, दिल्ली में।

शिवानी

अपराधी कौन

राधाकृष्ण पेपरबैक्स

राधाकृष्ण पेपरबैक्स में
पहला संस्करण : 2007
सातवाँ संस्करण : 2024

राधाकृष्ण पेपरबैक्स : उत्कृष्ट साहित्य के जनसुलभ संस्करण

राधाकृष्ण प्रकाशन प्राइवेट लिमिटेड
जी-17, जगतपुरी, दिल्ली-110 051
द्वारा प्रकाशित

शाखाएँ : अशोक राजपथ, साइंस कॉलेज के सामने, पटना-800 006
पहली मंजिल, दरबारी बिल्डिंग, महात्मा गांधी मार्ग, प्रयागराज-211 001
1, अनमोल सोराबजी संतुक लेन, धोबी तलाव, मरीन लाइंस, मुम्बई-400 002

वेबसाइट : www.radhakrishnaprakashan.com
ई-मेल : info@radhakrishnaprakashan.com

बी.के. ऑफसेट
नवीन शाहदरा, दिल्ली-110 032
द्वारा मुद्रित

मूल्य : ₹ 199

APRADHI KAUN
Stories by Shivani

ISBN : 978-81-8361-110-7

भूमिका

अपनी किसी कहानी के लिए कोई वक्तव्य या उपन्यास के लिए किसी प्रकार की भूमिका लिखने में मेरी लेखनी सदैव विद्रोह करती रही है। वर्जीनिया वुल्फ की इन पंक्तियों का मुझे अनायास ही स्मरण हो आता है, "किसी पुस्तक की भूमिका, मुझे गत्ते के उस टुकड़े-सी लगती है, जिसका उपयोग, किसी हिलती टाँगवाली मेज को दृढ़ता से टिकाने के लिए किया जाता है। जिस मेज़ की टाँगें हिलती हों, मेरे विचार में उस मेज़ को जीने का कोई अधिकार नहीं है। रचना में इतनी दृढ़ता होनी चाहिए कि वह बिना किसी गत्ते के आधार के स्वयं अपने पैरों पर खड़ी हो सके।" मैं भी वुल्फ़ की इन पंक्तियों का हृदय से समर्थन करती हूँ; रचना की हिलती टाँगों को सुदृढ़ बनाने के लिए लगाया गया गत्ते का टुकड़ा, एक-न-एक दिन मेज़ हिलाए जाने पर, स्थानच्युत हो ही जाएगा और मेज़ फिर हिलने लगेगी।

फिर भी मैं आज इस संग्रह की भूमिका स्वयं लिख रही हूँ, किन्तु पाठकों को अपने पात्रों के परिवेश का परिचय देने को आज मेरी लेखनी स्वयं ही मुखरा बन रही है, इसका प्रवाह आरम्भ में ही अवरुद्ध करना मुझे उचित नहीं लगा। रचना क्यों लिखी गई, कहाँ से मुझे प्रेरणा प्राप्त हुई, क्या कथानक भोगे हुए यथार्थ का अनुभूत अंश है? ऐसी निरर्थक प्रश्न-शलाका से कोंची जाने पर मैं बंसी से बिंधी मीन-सी ही छटपटाने लगती हूँ। जीवन की समग्रता में कहानी की एकात्मता मेरे लिए सदैव एक अनोखे आनन्द की अनुभूति बन उठती है, किन्तु अपने पात्रों की सृष्टि कर, उनमें भय-विस्मय, हर्ष-विषाद, सबको अपने अनुभूत जगत् से रसप्लावित करने पर भी मुझे कभी सन्तोष नहीं होता। बराबर यही लगता रहता है कि कहीं चूक गई हूँ। जानकी की जिन मद-भरी आँखों की शरबती शोख़ी को मेरी कलम हू-ब-हू उतारना चाहती थी, उसे एक के बाद एक

कई पृष्ठ फाड़ने पर भी ठीक से उतार नहीं पाती। लगता है जिसका चित्र खींच रही थी, या तो वह ही हिल गई है या मेरी फ़िल्म ही कहीं एक्सपोज़ हो गई है। मग्गी के मोटे अधरों पर थिरकता वह बालसुलभ स्मित या वॉर्डन की वह सोने की कील-टकी दन्त-पंक्तियों की जगमगाती अमानवीय हँसी, क्या मेरी लेखनी चित्रित कर सकी है? यही तो लेखनी की विवशता है! मैंने जो उस विचित्र परिवेश में देखा है, सुना है, अनुभव किया है, उसे क्या इन संस्मरणों को पढ़ने पर भी मेरे पाठक देख-सुन सकेंगे? अनुभव भी तो कैसे विचित्र थे! मैं उस पहाड़ी षोडशी का आत्मनिवेदन सुन रही थी, और जेठ की भरी दुपहरी में भी कारागार के किसी अदृश्य पौर से अचानक आ गया वातानुकूलित नकली शीतल बयार का एक झोंका मुझे चौंका गया था। यह कारागार था या रवीन्द्रालय का वातानुकूलित कक्ष? कैसा आश्चर्य था! बाहर पत्ता भी नहीं हिला-डुला, और कहानी के क्लाइमेक्स के बीच किस दयालु अन्तर्यामी का वरदहस्त यह विज़न डुला गया! यह प्रकृति का विचित्र नियम है कि जिस सत्य को ग्राह्य करने की हमारी बौद्धिक क्षमता नहीं रहती, उस सत्य को हम सत्य मानकर विश्वास नहीं कर पाते। किन्तु फिर भी सत्य, सत्य ही रहता है। नाभिकमल की सुगन्ध वैज्ञानिकों की दृष्टि में कोरी कल्पना-मात्र है, किन्तु कुछ सत्य ऐसे भी हैं जिनकी व्याख्या सम्भव नहीं होती। बाहर चटख धूप थी किन्तु मुझे बराबर यही लग रहा था जैसे गोधूलि का-सा निरन्तर आलोक पूरे कारागार पर छाया है। यह ठीक है कि कहानी लिखने का अधिकार केवल उसे ही है, जिसका जीवन अभिज्ञता से समृद्ध है, किन्तु जीवन की यह अभिज्ञता भी जंगली खरहे-सी भागती, कब कल्पना-लोक के किस अरण्य में दुबक जाएगी, इसका कोई ठिकाना है? एक बार लुप्त हो जाने पर वह क्या फिर सहज ही में पकड़ में आती है? कारागार का परिवेश ही कुछ ऐसा विचित्र होता है कि लेखनी की स्वाभाविक गति स्वयं ही शिथिल हो उठती है। मेरा परिचय वहाँ ऐसी बन्दिनियों से हुआ, जिनके विषय में लिखने को मेरी लेखनी किसी प्लांचेट की माध्यम बनी लेखनी की भाँति स्वयं ही चलने लगी, किन्तु कारागार के नियमानुसार मैं उनकी कहानी लिख नहीं सकती थी। जब तक उनकी अपील की सुनवाई न हो जाए, उनके विषय में कुछ लिखना कभी स्वयं मेरा ही गुरुतर अपराध बन सकता था। फिर भी कुछ चेहरे मुझे भुलाए नहीं भूलते। चौदह वर्ष की वे भोली निष्पाप आँखें, जो कुछ न पूछे जाने पर भी पहाड़ी ताल-सी डबडबाने लगी थीं, मेरी उत्सुकता को झकझोरकर जगा गई थीं। क्या अपराध

कर सकती थी वह भला! वह तो एकदम ही बच्ची थी, किन्तु कानून की दृष्टि में तो वह बच्ची नहीं थी। सत्तर वर्ष के ताऊ के बहकावे में आकर वह अबोध बालिका अपनी ही समवयसिनी गुँइया को बुला लाई थी। कामुक ताऊ की विवेकहीन कुटिल योजना को वह समझ नहीं पाई थी। किन्तु मृत्यु से पूर्व दिए गए उसी की सहेली के बयान ने उसे भी बन्दिनी बना दिया था। फिर चिकने-चुपड़े चेहरेवाली कीर्तनिया प्रौढ़ा माँजी, जिनके पेशे की कुटिलता का अंगराग उनकी गोरी चमड़ी में रिस-भिंजकर रह गया था। कारागार में भी क्या उनके भक्तगणों का अभाव था? एक पंक्ति गातीं तो कारागार की ऊँची प्राचीरें भी गूँजने लगतीं। किसी पेशेवर कव्वाल की-सी खनकती बुलन्द आवाज थी। और व्यक्तित्व? उजड़ जाने पर भी दिल्ली, दिल्ली ही थी, इसमें कोई सन्देह नहीं। अर्धोन्मीलित आँखों के नीचे स्मृतियों का कैसा गँदला सागर लहरा रहा था, यह भला कोई क्या देख सकता था? किसी काल्पनिक यज्ञशाला के निर्माण हेतु एकत्रित की गई चन्दे की विपुल धनराशि इसी मेदबहुल चिकनी काया की तहों में बिछी है, यह कौन जान सकता था भला? इसी भाँति, भृगुसंहिता के उस रहस्यमय युवा दैवज्ञ मार्त्तंड की लोमहर्षक कहानी लिखते कई बार मेरी अँगुलियाँ मचल उठी हैं। किन्तु, लेखनी की विवशता भी कैसी करुण विवशता है! यह केवल वही समझ सकता है जो स्वयं भुक्तभोगी रह चुका है। कल्हण की 'राजतरंगिणी' की ये पंक्तियाँ मुझे अत्यन्त प्रिय हैं, "कवि यदि सर्जन की ज्ञानगम्य भावराशि को अपने ज्ञान-नेत्र से अवलोकन नहीं करेगा तब उसकी दिव्य दृष्टि का प्रमाण ही भला किसी को क्या मिल पाएगा?" किन्तु उस भावराशि को अपने ज्ञान-नेत्र से अवलोकन कर लेने पर भी उस दिव्य दृष्टि का प्रमाण देना क्या इतना सुगम है? 'धर्मयुग' में जब 'जा रे एकाकी' धारावाहिक किश्तों में प्रकाशित हो रही थी, तब ही अधिकारी वर्ग में उसकी तीव्र आलोचना होने लगी थी। कैसे लिख दी थी मैंने यह पंक्ति, "क्या ये सचमुच बच्चे थे? छह वर्ष के भोले, निष्पाप चेहरों पर छब्बीस वर्ष के अनुभव की छाप थी, बेरौनक उदास चेहरों में जड़ी पीली आँखों में क्षण-भर के लिए किसी दम तोड़ती टार्च के नन्हे-नन्हे बल्ब की-सी चमक आई, फिर दप्-से बुझ गई।" क्या मुझे पता नहीं था कि कारागार में उन बच्चों के लिए नियमित दुग्धपान की सुव्यवस्था थी? मुझे अपनी उस मिथ्या पंक्ति के हेतु अब उसी पत्रिका में क्षमायाचना की संक्षिप्त विज्ञप्ति देनी होगी। किन्तु, न तब मैंने अपनी कैफ़ियत देने की आवश्यकता समझी थी, न अब समझती हूँ। कुछ परिवेश ऐसे होते हैं

जहाँ स्वाभाविकता स्वयं दम तोड़ देती है। जिस परिवेश में वे अबोध बच्चे बड़ी विवशता से जी रहे थे, वहाँ यदि उन्हें किसी ऑस्ट्रेलियन स्वस्थ धेनु का थनपुछा दूध भी पिलाया जाता, तब भी उन चेहरों की करुण पीताभ विवशता नहीं मिट सकती थी। उसी कारागार से लगे एक दूसरे कारागार से मुझे जब 'रक्षा-बन्धन' का निमन्त्रण मिला, तब मैं पल-भर को झिझकी अवश्य थी। जाऊँ या नहीं? एक दिन, दो-तीन अनजान-अपरिचित बन्दियों की कलाई में राखी बाँधने से क्या लाभ?—मुझे यह सब दिखावटी, आडम्बरपूर्ण समाज-सेवा का प्रदर्शन-मात्र प्रतीत हुआ। सज-सँवरकर, चार-पाँच रंगीन चमकती राखियाँ बाँधने पर क्या उस पावन डोर के अस्तित्व को जीवन-भर अक्षुण्ण रखना मेरे लिए, अपनी व्यस्त गृहस्थी में, कभी सम्भव हो सकेगा? यहाँ तो राखी-बन्धन के दिन, कभी-कभी प्रवासी सगे-सहोदर की कुशल पूछना भी भूल जाती हूँ! किन्तु फिर मैं चली ही गई थी। एक विशाल सभा-भवन में दूर-दूर तक फैली बन्दियों की उस पंक्ति को देखकर कलेजा डूबने-सा लगा था। खूनियों की एक विशेष रंग की वर्दी होती है, ऐसा ही बचपन में कभी सुना था। पाँच एक-सी पीली वर्दीधारी नम्बरदार धीरे-धीरे हमारी ओर बढ़े चले आ रहे थे। वे पाँचों पूरे कारागार का प्रतिनिधित्व करने का गौरव प्राप्त कर सके थे, अपने आदर्श एवं अनुकरणीय आचरण करने का प्रमाण-पत्र देकर। वैसे, उनका कलुषित अतीत उनके उजले वर्तमान के एकदम ही विपरीत था। एक-एक ने चार-चार, पाँच-पाँच निर्मम हत्याएँ की थीं। आज उन्हीं हत्यारे सहोदरों की कलाई पर मुझे राखी बाँधने का सौभाग्य प्राप्त हुआ था। मेरे पाँच नवीन सहोदर घुटना टेककर मेरे सम्मुख बैठे तो मुझे लगा, रामलीला में राक्षस बने पात्रों ने अपने निशाचरी मुखौटों की डोरियाँ स्वयं ही कानों से नीचे उतार ली हैं। स्निग्ध, निष्पाप, निर्दोष, स्नेही स्मित जैसे स्वयं मेरे सगे-सहोदर का था। ''यह हैं—सिंह।'' अधीक्षक हँस-हँसकर उनका परिचय दे रहे थे—''बहुत अच्छी कविता करते हैं। और यह हैं हमारे कारागार के सुकंठी गायक, इनका बेजोड़ बैंड पूरे शहर में प्रसिद्ध है।'' उधर राखी बँधवा रहे तरुण कवि का चेहरा, विनीत नम्रता में झुकता, घुटनों तक नत हो गया। गौरवर्ण, चौड़े कन्धे, तीखी नाक और पतली मूँछें, जैसे मेरी कहानी का नायक ही मेरे सम्मुख नतमस्तक बैठ गया हो। मुझे बंगला कवि काशीराम दास की बहुत पहले पढ़ी गई पंक्तियाँ स्मरण हो आईं :

''देखो द्विज मनसिज
जिनिया मूरती

खगराज पाए लाज
नासिका अतुल''

अचानक तबले, हारमोनियम और झाँझ की झम्मक-झम के साथ फिर बन्दियों का समवेत मधुर संगीत गूँज उठा :

''यह है उजड़े वतन का चमन भाइयो
बहिनें आईं तो इसमें बहार आ गई।''

सुकंठी गायक की पतली-मीठी आवाज़ सबके बीच भी पहचानी जा रही थी, जैसे प्रायः कव्वालों के सधे मांसल कंठ के बीच किसी किशोर का मीठा कच्चा कंठ-स्वर बुलबुल-सा चहक उठता है, ठीक ऐसी ही आवाज़ थी उसकी। मास्टर मदन की-सी ही मीठी रुनक थी उसके अपूर्व कंठ-स्वर में। वही कारागार का संगीत-निर्देशक भी था। बैंड लेकर बाहर जाने की उसकी माँग, आरम्भ में सर्वसम्मति से ठुकरा दी गई थी। ऐसे ख़तरनाक कैदी को किसी विवाहोत्सव में बाहर भेजना ख़तरे से खाली नहीं था। न जाने कितने कत्ल कर, वह निर्मम डकैत, लम्बी सज़ा भुगत रहा था। क्षण-भर को मिली स्वतन्त्रता कभी भी उसका विकृत मस्तिष्क फिरा सकती थी। हाथ की मशक बीन दूर पटक, वह यदि बारात में हवा में छोड़ी जा रही बन्दूक को किसी के हाथ से छीनकर भाग गया, तो कोई क्या कर लेगा?

किन्तु, वह गिड़गिड़ाया, ''मुझे एक बार भेजकर तो देखिए सरकार। मैं आपको यकीन दिलाता हूँ, मैं ठीक लौट आऊँगा,'' और फिर सचमुच ही उसके सहृदय अधीक्षक ने सबसे विरोध मोल लेकर उसे अनुमति दे दी थी। अपने अनोखे बैंड को लेकर वह ठीक समय पर लौट आया था। फिर तो आज तक वह न जाने कितनी बारातों, उत्सवों में जा चुका है। कभी भी उसने अपने प्रभु को धोखा नहीं दिया।

मैं उस दिन, जितनी ही बार एकसाथ अनुशासन में बँधे उन मूर्तिवत् बैठे बन्दियों को देखती उतनी ही बार एक अडिग मूर्ति बार-बार मेरे कौतूहल को उकसा रही थी। दोनों घुटनों में सिर छुपाए वह एक ही मुद्रा में बैठा था। उसके सतर कन्धे देखकर लगता था, वह जवान है। एक बार भी उसने चेहरा नहीं उठाया। कौन-सा दुख, कौन-सी स्मृति, उस अभागे को विचलित कर रही थी? एक के बाद एक कई गाने गाए गए, बन्दियों ने स्वरचित कविता-पाठ किया, भाषण हुए, तालियों की गड़गड़ाहट से कारागार की ऊँची निर्गम प्राचीरें थर्राईं, किन्तु वह अभिशप्त घने काले बालोंवाला माथा उसके दोनों घुटनों में

छिपा ही रहा। एक बार जी में आया, पास बैठे अधीक्षक से उस कच्छप के छिपे मुंड का रहस्य पूछ लूँ, पर फिर चुप रही। जो व्यक्ति संसार से स्वेच्छा से ही गुमनाम बना, अदृश्य होना चाहता है, उसे बाहर खींचकर क्या लाभ? किन्तु एक फ़रमाइश मैंने फिर भी कर ही दी थी।

''आपके बाल-सुधार-गृह के सदस्य भी तो यहाँ उपस्थित होंगे, क्यों न सबसे छोटे बन्दी को भी एक राखी बाँध दी जाए?'' मैंने अधीक्षक से कहा, और थोड़ी ही देर में वह नन्हा बन्दी सिर झुकाए मेरे सम्मुख बैठ गया। ज्वर से तप्त, दुबली कलाई उसने मेरी ओर बढ़ा दी। उसे उस दिन तीव्र ज्वर था फिर भी वह ज़िद कर आ गया था। सुधार-गृह में उसके पठन-पाठन की भी पूर्ण व्यवस्था थी, इसी से उस दिन वह अपनी एन.सी.सी. की पोशाक पहनकर आया था। उस तप्त कलाई पर राखी की रेशमी डोर बाँधने लगी, तो मन ही मन पश्चात्ताप भी हुआ—मैं यह जानती कि मुझे एक ऐसे नन्हे सहोदर की कलाई पर राखी बाँधनी होगी, तो उसी की वयस से मेल खाती राखी ले आती, जैसी राखी देखकर कभी मेरा नन्हा पुत्र मचलता था। घड़ी बनी, राधाकृष्ण बनी, ऐरोप्लेन बनी चमकीली पन्नी से जगमगाती राखी। यह तो एक साधारण रेशमी डोर थी। बेचारा नन्हा-सा बन्दी! क्या अपराध कर सकता था वह भला, फिर भी हृदयहीन अधिकारियों ने उसे इसी बन्दीगृह में बन्दी बनाकर रख दिया था। शायद मेरे चेहरे पर मेरी उधेड़बुन आवश्यकता से अधिक स्पष्ट अक्षरों में बिखर गई थी। हँसकर अधीक्षक बोले, ''बड़े बहादुर हैं ये—सिंह। क्यों हैं ना। पिछले वर्ष इन्होंने अपने एक साथी को पिता की भरी ब़न्दूक लेकर ठंडा कर दिया।''

मैं अविश्वास से कभी उन्हें देख रही थी, कभी उस नन्हे बन्दी को।

क्या ऐसा कभी हो सकता था? मेरे सम्मुख नतमस्तक बैठा, भोला बालक क्या सचमुच ही हत्यारा था? किन्तु सत्य घटना भी कभी-कभी कैसी अविश्वसनीय लगने लगती है! काँच के कंचों से खेल रहे साथियों में से एक से लड़ पड़ा था—सिंह। उम्र थी ग्यारह साल, पर गुस्सा था बाईस साल का। आव देखा न ताव, बाप की भरी बन्दूक उठा लाया और घोड़ा दबा दिया। फिर एक ओर बन्दूक का भारी धक्का खाकर निशानेबाज़ गिर पड़ा था और दूसरी ओर निर्जीव निशाना।

कच्ची वयस देखकर, उसे केवल तीन वर्ष की सज़ा दी गई और बाल-सुधार-गृह भेज दिया गया था। वह राखी बँधवाकर उठा, तो एक पन्द्रह-सोलह

वर्ष का नम्र किशोर अभिवादन कर बैठ गया। मसें अभी ठीक से भीगी भी नहीं थीं, कंठ-स्वर ने अभी-अभी ही केंचुली बदली थी। वह मुसलमान था और तीन वर्ष की सज़ा के अन्तिम चरण में था। दूसरे ही महीने, उसकी मुक्ति का परवाना किसी भी दिन आ सकता था। उसका अपराध कैसा था यह जानने की मुझे कोई उत्सुकता नहीं रह गई थी। अपराध कैसा भी रहा हो, चेहरे पर ऐसी करुण विनम्रता थी, कि मेरा जी भर आया :

"किस क्लास में पढ़ते हो?" मैंने पूछा।

"जी, नाइन्थ में?" उसने सिर झुकाकर ही उत्तर दिया।

"घर कहाँ है?"

"जी, रामपुरा।"

उसके होंठ काँपने लगे, शायद सोच रहा होगा, कहीं मैं अपना तीसरा अविवेकी प्रश्न न पूछ बैठूँ—'यहाँ कैसे आए?' पर मैंने कुछ नहीं पूछा, वह तेज़ी से उठा और बन्दियों की भीड़ में कहीं खो गया।

उनके लिए राखियों का कैसा अपूर्व महत्त्व है, यह अधीक्षक मुझे बतलाने लगे, "रामायण में दबाकर इन्हें रख देंगे अभागे, आज से इनकी यही राखियाँ इनकी सगी बहनें बन जाएँगी।"

मेरी लम्बी साँस कंठ ही में अटककर मेरा दम घोंटने लगी। न जाने किस रामायण या कुरान के पृष्ठों में मेरी राखी भी दब जाएगी। मेरी रामायण में तो उनका कोई स्मृति-चिह्न नहीं था पर फिर भी मुझे रह-रहकर उन अनजान सहोदरों की स्मृति कभी-कभी विह्वल कर देती है।

सूखे चेहरेवाला सिंह, दोनों घुटनों में सिर छिपाए वह घने काले बालोंवाला जवान, अपनी मीठी स्वर-लहरी में स्वयं डूबता और सुननेवालों को डुबोता वह संगीत-निर्देशक और वह सुकंठी लजीला कवि!

पाठक, विलसित कौतूहल के सुख से ही सुखी नहीं होता, यह मैं जानती हूँ। कहानीकार का स्थापत्य चातुर्य ही उसे नहीं मोहता, यह भी मुझे पता है। इतना ही जानती हूँ, कि जब पात्र-पात्रियों के सहस्र आघात-संघात, स्वयं पाठक एवं रचनाकार के आघात-संघात बन उठते हैं, तब ही रचनाकार को लगता है, उसने व्यर्थ ही परिश्रम नहीं किया, सफलता का चरम बिन्दु उसने भले ही न पाया हो, आंशिक सफलता का स्पर्श उसने कर ही लिया है। मैं नहीं कह सकती कि मुझे कहाँ तक सफलता मिल सकी है, किन्तु जब ये संस्मरण रिपोर्ताज रूप में 'धर्मयुग' एवं 'साप्ताहिक हिन्दुस्तान' में छप रहे थे, स्नेही

पाठकों के पत्रों के सैलाब में मैं डूब गई थी, और इस डूबने में भी कैसा आनन्द है! किसी ने तीस वर्ष पूर्व की मध्य प्रदेश की उस पतिहन्ता मालिन को पहचान लिया था।

"यह टीकमगढ़ की वही मालिन है ना?" उसने लिखा था, "जब अपार भीड़ के साथ इस मालिन को हमारे घर की सड़क से ले जाया गया था, तब मैंने भी इसे देखा था। बोरे में बन्द इसके पति के लाश के टुकड़े भी इसके साथ-साथ चल रहे थे।"

हाँ, यह वही मालिन थी, रुग्ण पति को शौच के बहाने बाहर ले जाकर इसने अपने प्रेमी के गँड़ासे की सहायता से उसे क्षण-भर में रोगमुक्त कर दिया था, फिर दोनों ने लाश को गाड़कर मिट्टी से ढाँप दिया। बहुत दिनों बाद वर्षा की वेगवती धारा मिट्टी बहा ले गई और कंकाल का कटा हाथ, स्वयं ही अपनी हत्या का सशक्त गवाह बना और ऊपर निकल आया।

मेरे किसी दूसरे पाठक ने जानकी को भी पहचान लिया था, पहचाना ही नहीं, उसने तो उसे बहुत निकट से देखा-परखा था।

"यह वही है न? क्या आप मेरी कहानी लिखना पसन्द करेंगी, कहिए तो आऊँ! जब जानकी की कहानी लिखने में आपकी कलम नहीं शरमाई तो मेरी कहानी भी अवश्य लिख ही सकती हैं।"

मैंने सहमकर चिट्ठी फाड़ दी थी। कैसा विचित्र है इस लेखनी का पेशा। कभी वह स्वेच्छा से ही बन उठती है सलज्ज कुलवधू और कभी प्रगल्भा गणिका।

आज मेरे ये संस्मरण, मुझे कुछ दिन पूर्व देखे गए नाटक 'आगरा बाज़ार' के रंगमंच की ओर खींचने लगते हैं। मुझे लगता है, जैसे उस नाटक के तीन रहस्यमय फ़कीर, अपनी पैबन्द लगी रंग-बिरंगी कफनी की ढीली बाँहें हिलाते, डफली बजाकर, मधुर स्वर में गाते किसी अदृश्य नेपथ्य से मेरी ओर चले आ रहे हैं। मैं उन्हें देख नहीं पाती, किन्तु उनकी मीठी आवाज़ कानों में गूँजती जा रही है :

'गुल शोर बबूला आग हवा
और कीचड़ पानी मिट्टी है
हम देख चुके इस दुनिया को
यह धोखे की-सी टट्टी है।'

–शिवानी

क्रम

अपराधी कौन

अमला बार-बार बाहर आती और अपने सजे बँगले की अनूठी सज्जा देखकर स्वयं ही मुग्ध हो जाती। रंगीन नीली मद्धिम रोशनी के लट्टू पेड़ की हर पत्ती पर जुगनू बने चमक रहे थे। शामियाने की रंगीन छाँह में कई सोफ़े और कुर्सियाँ मंडलाकार घेरे में रखवाते श्यामबिहारी एकसाथ कई निर्देश देते किसी कुशल बैंडमास्टर की भाँति हवा में दोनों हाथ उठा-उठाकर गिरा रहे थे। अमला को पति की हड़बोंग देख, हँसी आ गई। एक तो वैसे ही सामान्य-सी घटना से उत्तेजित हो उठते थे, उस पर आज पहली पुत्री का विवाह था। वह पति से कहीं अधिक मात्रा में आश्वस्त हो बारात की प्रतीक्षा कर रही थी। आखिर घबराती भी क्यों? सब ही कुछ तो दे रही थी कनक को! फ्रिज, रेडियोग्राम, फियेट और फिर एक तगड़ा-सा चेक। बीसियों भूखी शेरनी-री माताओं के मुख से वह अपने भावी जामाता को पुष्ट ग्रास लुभावने दहेज के बूते ही तो छीन पाई थी। उसकी कनक साँवली थी पर इस युग में क्या जामाता भावी पत्नी का रंग देखता है? उसे तो अब भावी श्वसुर के ओहदे का रंग ही अधिक आकर्षित करता है। जहाँ तक इसका प्रश्न था, श्यामबिहारी अपने ओहदे के चोखे रंग से किसी भी सुपात्र को चुम्बक की भाँति खींच सकते थे। एक तो वे कमिश्नर थे, उस पर आई.सी.एस.।

'हम आई.सी.एस. अब रीवाँ के अलभ्य सफेद शेरों की भाँति, अपनी वंश-वृद्धि की क्षीण सम्भावनाओं के कारण अनमोल हो उठे हैं।'—ये प्रायः ही हँसकर अमला से कहते रहते। आज तो उन्हें बात करने की भी फुर्सत नहीं थी। सुबह से जनवासे का ही प्रबन्ध देख रहे थे। नाऊ, तम्बोली, धोबी, सबके तम्बू तन चुके थे और तीनों किसी अन्तर्राष्ट्रीय प्रदर्शनी के-से विभिन्न स्टॉल में खड़े अधिकारियों की ही तत्परता से मुस्कराते खड़े थे। यह भी इस अनोखे

युग का एक अनोखा रिवाज़ चल पड़ा था। आएँगे छैला बाराती बनकर पर दर्जनों घड़े से निकाले गए सूट इस्तरी करवाने कन्या के पिता के यहाँ ही लाएँगे। जिसे देखो, वही हजामत बनवाने बैठ जाएगा, चाहे घराती हो या बाराती! 'मुफ़त का चन्दन घिस मेरे नन्दन' इसी को कहते हैं। कहीं बारातियों के आने के पहले ही सब पान निगोड़े घर ही के मेहमान न चर डालें—अमला मन-ही-मन भुनभुना रही थी। एक तो घर के ही मेहमानों ने चार दिनों में उसका पटरा बैठा दिया था। पाँच दर्जन तो बच्चे ही भिनभिना रहे थे, उस पर देवरानी-जेठानी और चचेरी-ममेरी ननदों के नख़रे देख उसका ख़ून खौल रहा था। इसी से भागकर बाहर आ गई थी। बरेलीवाली ममिया सास को लहसुन-प्याज की बदबू से दिल के दौरे पड़ने लगते थे, उनका कमरा अलग करके उठी ही थी कि दो चचेरी ननदों में बच्चों को लेकर भयानक युद्ध छिड़ गया था। दोनों सगी बहनें थीं, पर आज आमने-सामने तनी रणचंडी ही बन गयी थीं। उन्हें छुड़ाकर अलग किया, तो उसकी स्विस भाभी एक ही पेटीकोट और बिना बाँहों का ब्लाउज़ पहने अर्धनग्नावस्था में अर्दली-चपरासियों के सामने ही उससे साड़ी पहना देने का अनुरोध करने आ धमकी। पिछले माह उसका छोटा भाई विदेश से एक लम्बतड़ंगी ब्याह लाया था। क्या करती बेचारी अमला! भाई को बुलाती और भाभी को कैसे छोड़ देती! उसकी ताड़-सी देह में साड़ी लपेटना आकाश में चँदोवा टाँकना था। साड़ी पहनाते ही वह चटपट बाहर निकल आई थी। बारात भी तो आती ही होगी। उसने घड़ी देखी, अभी देर थी। पर बारात के आने से भी अधिक चिन्ता उसे एक और व्यक्ति के आने की थी और वह थी उसकी फ्रांस-प्रवासिनी ननद मीना, जो पूरे बीस वर्ष बाद माइके लौट रही थी।

कभी यह ननद उसकी प्राणप्रिया सखी थी। वही उसे सिर-आँखों पर बिठाकर इस गृह में लाई थी। उसकी सास ने तो दूसरी लड़की पसन्द की थी।

कुछ दिनों तक दोनों की मैत्री मुहल्ले-भर की स्त्रियों के हृदय में विष घोलती रही।

दोनों एक-से कपड़े पहनतीं, हँसती-खिलखिलाती एक-दूसरे को बाँहों में लिए फिरती रहीं, फिर जैसे प्रायः ऐसी प्रगाढ़ मैत्री का अन्त होता है, वैसा ही हुआ। अचानक दोनों में ऐसी ठनकी कि आँखों ही आँखों में नंगी तलवारें लपलपाने लगीं और दो टूटे हृदयों की दरार मीना की विदा तक नहीं जुड़ी। झगड़े का सूत्रपात हुआ था आभूषण को लेकर। मीना की विधवा माँ का पूरा

गहना, एक सामान्य-सी पोटली में बँधा काठ के बक्स में पड़ा रहता। कई बार पुत्र के समझाने पर भी वे बैंक में रखने को राज़ी नहीं हुई थीं, तो खीझकर श्यामबिहारी ने कहना ही छोड़ दिया, पर इधर उनका अधिकांश समय तीर्थयात्रा में ही निकलने लगा था और वे एक-एक कर अपने आभूषण कभी बद्रीनाथ चढ़ा आतीं, कभी रामेश्वरम्। एक दिन अमला और मीना ने मन्त्रणा की, जैसे भी हो, अम्मा के इस धार्मिक औदार्य के सैलाब को बाँधना ही होगा।

"अम्माजी, अब मीना की सगाई हो गई है, आप ऐसे गहने मत लुटाइए।" अमला ने एक दिन सास को टोक दिया।

"हाँ, अम्मा, आज फैसला ही कर दो, क्या मुझे दोगी और क्या भाभी को," मुँहलगी मीना ने दोनों बाँहें अम्मा के गले में डाल दीं, "कहीं ऐसा न हो कि कभी इसी करमजली पोटली के पीछे हम दोनों लड़ पड़ें।"

अमला हो-हो कर हँस उठी थी।

तब तक दोनों ननद-भाभी, अटूट मैत्री के इस रस-सागर में आकंठ डूबी थीं, इसी से कलह की काल्पनिक सम्भावनाओं का प्रसंग भी हास्यास्पद लग उठा था।

"ला मरी, निकाल ला पोटली, आज ही बाँट-बूँटकर झगड़ा निबटा दूँ।" अम्मा ने चाबी का गुच्छा हँसकर पटक दिया था और मीना चटपट पोटली निकाल लाई।

ओफ, कैसे-कैसे भारी गहने थे—टोंक, मगर, अनन्त, जयपुरी झूमर, रामपुरी मछलियाँ, चन्द्रहार, बेसर और कुन्दन की पहुँची।

मीना के नाना सिविल सर्जन थे। अम्मा इकलौती पुत्री थीं, इसी से नाना ने गहनों से लाद दिया था। सबसे विलक्षण आभूषण था एक लम्बी नीली मख़मली डिबिया में बन्द नागिन के आकार की लचकती करधनी।

उसकी जालीदार नक्काशी पहले भी कई बार ननद-भाभी को झुमा चुकी थी, पर तब ईर्ष्या का सर्प फन फैलाकर दोनों में से एक को भी डसने नहीं दौड़ा था।

आज दोनों के कलेजे एकसाथ धड़क उठे। पता नहीं अम्मा करधनी किसे देंगी!

मीना सोच रही थी—'मैं तो अम्मा की इकलौती बिटिया हूँ, करधनी मुझे ही देंगी।'

अमला सोच रही थी—'कितने अरमानों की बहू हूँ मैं! करधनी हो न हो,

मेरे ही हिस्से में आएगी।'—अम्मा की ख़याली हँडिया में उधर उबाल पर उबाल आ रहे थे। सब गहना मन-ही-मन बाँट चुकी थीं, पर दोनों की तृष्णा के प्राण उनकी करधनी पर ही अटके हैं, वे जान गई थीं। बेटी तो पराया धन है, कल-परसों ब्याह होगा तो परायी हो जायेगी। ज़िन्दगी तो उन्हें बहू के साथ ही काटनी थी। फिर करधनी भी साधारण नहीं थी। एक चिररुग्ण जड़िया को, मीना के नाना ने उसका खोया पौरुष लौटा दिया था। अपनी मूक कृतज्ञता को उसी अनूठी करधनी की कारीगरी में वह सदा के लिए अमर कर गया था। कैसी लपलपाती जीभ थी नागिन की! आँखों में जगमगाती दो हीरों की कनियाँ जड़ी थीं। उस चमत्कारी करधनी का एक और आकर्षण था। एक पेंच घुमाते ही वह अपनी केंचुली छोड़ देती, जो क्षण-भर में सिमटकर, बाईं ओर चाबी का गुच्छा बनकर लटक जाती थी। अम्मा कहा करती थीं, जब करधनी बनकर आई तो उसे देखने लाट साहब की मेम भी आई थीं। वही करधनी आज किस भाग्यशालिनी को मिलेगी!

अम्मा ने एक-एक कर गहनों की दो ढेरियाँ बना दीं।

टोंक, बेसर, चन्द्रहार अमला का।

कंकण, झूमर, सतलड़ी मीना की।

राजस्थानी बोरला, अटर-बटर आया अमला की ढेरी में।

कुन्दन की चम्पाकली, उड़ीसा की कटकी, सोने की कंघी मीना की।

दोनों ढेरियाँ ऐसी न्यायपूर्ण सूझबूझ का प्रतीक थीं कि किसी में भी घट-बढ़ का प्रश्न ही नहीं उठता था।

अकेली करधनी बच गई।

मीना अचानक मचल गई, "अम्मा, चाहे हमारी ढेरी के दो-तीन गहने भाभी की ढेरी में डाल दो, पर हम तो करधनी ही लेंगी।" उसने करधनी सचमुच उठा ली।

सास ने बहू की गम्भीर मुखमुद्रा देखी, तो बड़े चातुर्य से बिगड़ती स्थिति सँभाल ली।

"अच्छा-अच्छा, देखा जाएगा, अभी तो तू दोनों पोटलियाँ बक्से में डाल दे। करधनी अलग रख दी है मैंने। पुर्जी डाल दें। क्यों, है ना बहू?"

पर अम्मा की पुर्जी के पहले ही नियति की पुर्जी पड़ गई।

मीना के विवाह की तिथि निश्चित हुई तो गहने झलवाने सुनार बुलवाया गया। दोनों पोटलियों के गहने ज्यों के त्यों धरे थे, अकेली करधनी ही

नहीं थी।

अम्मा तो पागल-सी ही हो गयी थीं। एक तो शुभकार्य के पहले सोना खो गया था, महाअपशकुन, उस पर उनका सबसे प्रिय आभूषण। अम्मा ऐसा फूट-फूटकर बाबूजी की मृत्यु पर भी नहीं रोई थीं।

पर यह हो कैसे गया, चाबी तो निरन्तर उन्हीं के पास रहती थी, कभी-कभी बहू माँग लेती और कभी बिटिया। शीशम का वह बक्सा उन्हीं के कमरे में धरा रहता और वे दिन-रात उसी कोठरी में खजाने पर बैठे सर्प की भाँति कुंडली मारे बैठी रहतीं।

भोली अम्मा भागती-भागती भृगुसंहिता के पंडितजी के पास भी गई थीं।

'खोई वस्तु का चोर घर ही में है, पर मिलेगा बीस साल में।'

'भाड़ में जाए करधनी!' मीना के आँसू टपकने लगे थे। बीस वर्ष तक क्या उसकी कमर ऐसी लचीली रह जाएगी? क्या करेगी करधनी का, जब कमर ही नहीं रहेगी?

फिर बेचारी रिक्त कमर लेकर ही ससुराल चली गई थी। श्वसुर फ्रांस में इत्र के प्रसिद्ध व्यवसायी थे। पति के साथ मीना ने स्वदेश त्याग दिया। धीरे-धीरे वह माँ, भाई-भाभी सबको भूल गई, पर करधनी को नहीं भूल सकी।

इतना वह खूब समझती थी कि चतुरा नटिनी-सी भाभी की फुर्तीली उँगलियों ने ही भोली अम्मा की चाबी तिड़ी कर रात ही रात में करधनी गायब कर दी थी।

आज पूरे बीस वर्ष पश्चात् वह भाई का पत्र पाकर स्वदेश लौट रही थी। अम्मा अब नहीं रहीं, पर फिर भी मायका, मायका ही था। भैया को देखा, तो वह रही-सही पूर्वशत्रुता भी बिसर गई। भैया ने मूँछें रख ली थीं, कनपटी के बाल सफ़ेद हो गए थे और क्षण-भर को उसे लगा जैसे बाबूजी ही हँसते खड़े हो गए हैं, और मौसी! कितना बुढ़ा गई थीं मौसी। सामने के दो दाँत टूट गए थे, ठीक जैसे अम्मा की पोपली हँसी का नक्शा फिर से उतारकर रख दिया था विधाता ने।

वह तो आँसू ही नहीं रोक पाई, "क्यों री मुनिया, दामाद को नहीं लाई?" मौसी ने पूछा।

"अरी मौसी, उन्हें क्या अपने कारोबार से फुर्सत रहती है!" उसने बड़े गर्व से कहा और भाभी की ओर बाँहें फैला दीं।

उसकी तन्वी भाभी बेहद फूल गई थी। करधनी धरी भी होगी तो इस

विराट् परिधि को कहाँ घेर पाएगी! उसे मन-ही-मन गहरा सन्तोष हो गया। उसकी कमर तो अभी भी विदेशी कौर्सेट के बन्धन में कसी, उसकी कौमार्यावस्था का इक्कीस इंच घेरा निभा रही थी।

"तुम तो मीना, वैसी की वैसी ही धरी हो," भाभी का कंठ-स्वर भी शरीर के साथ-साथ मांसल हो उठा था।

"भतीजी कहाँ है मेरी?" मीना ने बड़े लाड़ से पूछा और भाभी ने एक साँवली-सी लड़की को उसकी ओर ठेल दिया।

मीना ने भतीजी का माथा चूमकर कहा, "मेरी दिव्या से सवा महीने बड़ी है तू।"

"उसे क्यों नहीं लाईं बुआ?" भतीजी ने पूछा।

"उसे अपनी दुकान सौंप आई हूँ रानी! एक दिन भी बन्द रहती तो लाखों का नुकसान हो जाता, क्रिसमस आ रहा है," बुआ ने दर्पपूर्ण उक्ति से महिलावृन्द को घायल किया और धम्म से कुर्सी पर बैठ गईं।

मीना की दुकान 'भारती' वास्तव में फ्रांसीसी सुन्दरियों के लिए एक बहुत बड़ा आकर्षण थी। भारतीय गहने, साड़ियाँ, आलता, नकली चोटियाँ, झूमर, यहाँ तक कि माँग भरने का सिन्दूर और बिछुए का जोड़ भी मिल सकता था वहाँ। कभी फ्रांस में इक्के-दुक्के भारतीय विवाहों के लगन खुलते तो मीना की दुकान ही सोहान-पिटारी जुटाती।

काश, अम्मा की करधनी होती तो वह टिकट लगाकर प्रदर्शनी से ही मालामाल हो जाती! ऐसी व्यावसायिक खटकेबाजी में उसकी कल्पना बेजोड़ थी।

"कुल जमा तीन दिन के लिए आई हूँ भाभी, इधर तुम्हारी रानी विदा हुई और मैं उड़ी फ्रांस को।"

अपने तीक्ष्ण, रँगे नखों को उसने चिड़िया के उड़ जाने की मुद्रा में चमकाकर भतीजी को बुरी तरह प्रभावित कर दिया। जयमाल का समय हुआ तो अतिथियों की दृष्टि सलोनी दुल्हन के चेहरे पर टिकने के बजाय उसकी प्रौढ़ा बुआ की साँवली गर्दन पर जम गई।

मीना, एक अद्वितीय हीरों का हार पहने द्वार पर खड़ी मुस्करा रही थी।

फुसफुसाहट तीव्र हो उठी।

"कैसे जगमगा रहे हैं!"

"असली हीरे हैं।"

"चल हट, विदेशी नकली हार भी ऐसे ही जगमगाते हैं। पिछले साल मेरा छोटा भाई माण्ट्रीयल से लाया था।"

"नहीं-नहीं, फ्रांस में इनके श्वसुर का लाखों का व्यापार है, इनकी भी तो दुकान है।"

"क्या बेचती हैं?"

ही-ही-ही—ईर्ष्यालु स्त्रियों का अशिष्ट स्वर उनके कानों के पास ही सरक आया, पर उस जगमगाती बुलन्द इमारत के सामने छोटे-मोटे आभूषण पहने भड़कीली नारियों की आभा सहसा तुच्छ हो उठी, जैसे झोंपड़ियों पर धरे दीये टिमटिमा रहे हों।

"क्यों री मुनिया, हार तो असली लगै है, आठ-दस हजार का तो होगा ही!" मौसी ने बड़ी ललक से हार के लोलक को हाथों में ले लिया।

"अस्सी हजार का है मौसी," मीना ने कुछ ऊँचे ही स्वर में कहा। अपने दामी आभूषण का मूल्य बताने में क्या कभी नारी चूकती है! फिर तो दूल्हे को देख ही कौन रहा था! आँखों ही आँखों में हार की आलोचना चल रही थी।

"कहा था ना मैंने, अस्सी हज़ार का है।"

"ऊँह, सूरत तो सवा सौ की भी नहीं है!" पर एक-एक कर झोंपड़ियों के टिमटिमाते दीये बुझ गए, बुलन्द इमारत जगमगाती रही। दूसरे दिन बारात विदा हो गई और अतिथियों के बिस्तर बँधने लगे। एक तो लड़की के विवाह की रौनक, विद्युत-छटा-सी क्षण-भर में ही लुप्त हो जाती है, उस पर गृहस्वामिनी भी अतिथियों को रोकने के मूड में नहीं थी। मीना ने भी भाभी के तुच्छ स्वभाव को परख लिया था। उसने जाने का प्रसंग उठाया, तो अमला ने औपचारिक स्नेह की सामान्य दलीलें दीं, फिर मान गई।

"बाजार से तुम्हारे लिए मेवे और ताजी मिठाई लेती आऊँ," कह वह झोला लेकर चली गई, तो मीना विवाह के भब्भड़ के बाद पहली बार घर में अकेली रह गई।

जाने के पहले मायके की ममता और घनेरी हो आई। घूम-घुमाकर वह अम्मा का बचा-खुचा सामान देख रही थी और स्मृतियों के पट खुलते जा रहे थे।

बाबूजी की आरामकुर्सी, अम्मा का पीढ़ा, उसका बोर्डिंग का सहचर काला स्टील का बक्सा। सहसा वह ठिठक गई।

शीशम का वह बक्सा, जिसके अभेद्य ताले को बिना खोले ही किसी कुशल हुडूनी ने करधनी गायब कर दी थी।

बड़े लाड़ से उसने ताले को हाथ में लिया, और न जाने किस ममता के अदृश्य स्पर्श से ताला खट से खुल गया।

शायद बाज़ार जाने की हड़बड़ी में भाभी ठीक से बन्द नहीं कर पाई थी।

देखूँ, भाभी इसमें अब क्या रखती हैं, मीना ने दोनों हाथ से भारी ढकना उठाया। पर क्या केवल इसी कौतूहल ने उसे प्रेरित किया? पुराना किनारी-गोटा, टूटे प्लग और अम्मा का फुलवरी दुपट्टा। कैसी प्यारी-प्यारी कस्तूरी की-सी महक थी, ठीक अम्मा की देह-परिमल की-सी परिचित लपट!

बड़े लाड़ से भावुकता के आवेश में उसने दुपट्टे को गालों से लगाने को उठाया तो एक भारी-सी पोटली भी उसी के साथ-साथ उठ आई।

उसका कलेजा उछलकर बाहर आ गया। वही चमक-दमक और वे ही चमकती आँखें! अनुभवी हाथों के अनुभूत स्पर्श ने पेंच घुमाया, क्षणभर में सर्पिणी की केंचुली चाबी का गुच्छा बनकर लटक गई। कुछ देर तक वह सोचती रही, फिर एक तड़प से करधनी लेकर उठ गई।

काठ का बक्सा फिर ज्यों का त्यों ताला लटकाए निर्जीव बन गया।

भाभी लौटी तो मीना अपनी साड़ियाँ तह कर रख रही थी। भोले चेहरे पर शिकन भी तो नहीं उभरी।

"हाय मीना, तुमने अभी से सामान बाँध लिया?" अमला ने पूछा और हाथ का बैग जमीन पर पटक, ननद के गले में बाँहें डाल, धम्म से वहीं बैठ गई, "हाय, मत जाओ मीना, इतने सालों में तो लौटी हो!" वह रुआँसे स्वर में बोली। मन-ही-मन वह जानती थी कि ननद का एयर-पैसज भी बुक हो गया है और वह रुक नहीं सकती, इसी से वह दुलार-भरा बनावटी आग्रह कर रही थी। "मैं जानती हूँ," उसने रूमाल से आँखें पोंछीं, "तुम अभी भी हमसे रूठी हो। उस सड़बिल्ली करधनी का सत्यानाश हो, जिसने हमें चीरकर धर दिया। तुम्हारे भैया की कसम खाकर कहती हूँ मीना, मैंने उस हरामखोर महाराजिन को रात के दो बजे अम्मा के कमरे से निकलते अपनी आँखों से देखा था।"

"सच भाभी!" मीना को बड़ा आनन्द-सा आ रहा था। साँप का पैर आखिर साँप ही पहचानता है। "फिर तुमने पकड़ क्यों नहीं लिया बदज़ात को?"

"हाय, मेरा कलेजा तो तुम जानती हो, एकदम पिद्दी-सा है। सोचा, एक तो अम्मा के गौने में महाराजिन आयी थी, कितना मानती थीं अम्मा, कहीं करधनी नहीं निकली तब?" भाभी के चेहरे पर ऐसा बचपना खेलने लगा, जैसे दूध के दाँत भी न टूटे हों।

"हाय रे मेरी पिद्दी!" मीना ने बड़े लाड़ से भाभी को बाहुपाश में कस लिया, "अब खबरदार जो उस करधनी का नाम लिया, मुझसे बुरी कोई नहीं होगी, हाँ! सामान बाँध लूँ, फिर रात को खूब आराम से बातें करेंगे।"

करधनी सबसे नीचे धरी फ्रेंच शिफ़ौन की साड़ी के नीचे, हीरों के हार के साथ, कुंडली मारे पड़ी थी।

उस रात को बारह बजे तक ननद-भाभी बतियाती रहीं।

"हार सहेजकर रख लिया ना मीना, कहीं बटुए में ही धरकर तो नहीं भूल गईं? बड़ी लापरवाह हो तुम।" भाभी ने पूछा तो मीना अँधेरे ही अँधेरे में मुँह फेरकर मुस्करा ली।

"हाँ भाभी, वह तो मैंने कल ही सूटकेस में बन्द कर लिया था।"

"मैं तो आज तुम्हारे ही साथ सोऊँगी, पता नहीं फिर कब मिलना हो!" वह कूदकर मीना के साथ लिपट गई।

सुबह उठी तो भाभी उठकर उसके साथ धरी जानेवाले पकवानों की टोकरी सजा रही थी।

भाई-भाभी दोनों उसके साथ स्टेशन भी आए, पर तीनों ऐसे ठीक समय पर पहुँचे कि सामान लगाते ही गार्ड ने झंडी हिला दी। बड़ी हड़बड़ी में मीना द्वार पकड़कर ही खड़ी रह गई। अपने वातानुकूलित डिब्बे में वह अकेली थी।

"दामी चीज़ लेकर सफ़र कर रही हो मीना, सूटकेस को सिरहाने धर लेना।" भाभी उसके पास ही आकर फुसफुसाई तो मीना का चित्त पश्चात्ताप से खिन्न हो गया।

कितनी नीच थी वह! बीस वर्ष पहले भाभी ने उसकी गर्दन पर छुरी फेरी थी, आज वह उसी जघन्य अपराध को दुहरा रही थीं। अब तो उसके जी में आ रहा था, वह करधनी निकालकर भैया-भाभी के चरणों में लोट, अपना अपराध स्वीकार कर ले। विदा की बेला पुनः अम्लान हो उठेगी।

पर गाड़ी स्टेशन छोड़ रही थी, किसी भी भावुकता के लिए अब समय नहीं था। भाई और भाभी की आँखें गीली हो आई थीं। अमला बुरी तरह नाक झिंझोड़ती सिसक रही थी।

मीना भी अब अपने को नहीं रोक सकी और बच्चों की भाँति सुबक उठी।

एक घंटे बाद तूफ़ान धड़धड़ाती पटरियों का कलेजा रौंदती चली जा रही थी और मीना दोनों हाथों से माथा पकड़े, शून्य दृष्टि से अपने चारों ओर बिखरे साड़ियों के अम्बार को अविश्वास से देख रही थी। वह बार-बार एक-एक साड़ी को झटक रही थी, यह क्रम वह पिछले एक घंटे में बीसियों बार दुहरा चुकी थी।

नहीं, कहीं नहीं थी—आखिर सुई तो थी नहीं।

रात-भर भाभी उसे गलबहियों में घेरकर सोई थी, चाबी का गुच्छा पार करने में उन अद्वितीय उँगलियों ने फिर अपनी प्रतिभा का प्रदर्शन कर दिया था। करधनी तो गई ही, साथ में उसके हीरों का हार भी ले गई।

अब वह अतुल को क्या मुँह दिखलाएगी! जल्दी-जल्दी में बीमा भी तो नहीं करा पाई थी। फिर मायके में गहने की चोरी क्या कुछ कम लज्जास्पद घटना है?

अब क्या करे? क्या फिर मायके लौट जाए? क्या कहेगी भाभी से? यही ना कि 'भाभी, तुमने मेरे हीरे का हार चुरा लिया!'

पर भाभी तो पलटकर जिह्वा का घातक प्रहार सिद्ध कर सकती थी—'मीना, तुम क्या मेरी करधनी चुराकर नहीं भागीं?'

उसके हीरे के हार का केवल लोलक ही बेचने पर भाभी के पूरे खानदान की बेटियाँ ब्याही जा सकती थीं। हाय, कितने छोटे अपराध की कितनी बड़ी सज़ा दे गई भाभी।

जा रे एकाकी

एकसाथ ही मुझे अपनी स्नेही पाठिकाओं के दो निमन्त्रण मिले थे, किन्तु कैसा विरोधाभास था!

एक ओर समृद्ध क्लब के दर्शनीय लॉन में कतारबद्ध भव्य गाड़ियाँ, गाड़ियों से उतरती महिमामयी महिलाओं के हवा में फहराते चँदेरी कोटा और चिकन के दामी आँचल और आँचलों से उठती सुगन्धि की मदिर लपटें। रंगीन, निश्चिंत कहकहों के बीच परिवेशन में दक्ष बैरे हाथ बाँधे इधर-उधर घूम रहे थे। दीवारों पर लगी एक संगमरमरी शिला की ओर दृष्टि स्वतः ही उठ गई। छोटी-सी शिला पर क्लब की संरक्षिकाओं के नाम खुद थे, और उनके बीच तो शायद अवध की पूरी ताल्लुकेदारी ही आकर बिखर गई थी। देखते ही देखते, दूधिया-धुली चाँदनी पर इन्द्रसभा उतर आई। रंगीन लाल चमकती कारचोबी की टोपियाँ कव्वाली में झूमने लगीं। अनभ्यस्त हाथों की संगत के बीच सहसा घुंघरू खनके और नृत्य संगीत के अबीर-गुलाल से दिशाएँ रँग गईं।

दूसरा निमन्त्रण आया था एक विचित्र खेमे से।

मैं वहाँ पहुँची तो लौह कपाट मुँदे थे। भयावह आकृति के दो मुछंदर सिपाहियों ने मुझे संदिग्ध दृष्टि से देखा, पर मैं तो अपने उस विचित्र परिवेश को देख रही थी। क्या यह सचमुच लखनऊ था? दूर-दूर तक फैले बियाबान अरण्य को एक टिट्टिभ अपनी बेमौरागी चीत्कार से चीरता सन्न से निकल गया और मैं सहमकर आगे बढ़ी।

आज भी मैं अतिथि थी, किन्तु कैसी अनोखी बस्ती की! वहाँ का उन्मुक्त आकाश भी शायद, उन अभिशप्त बंदिनियों के तप्त-निःश्वास से मटमैला पड़ गया था, पेड़ थे, किन्तु पत्तियाँ थीं पीली, बीमार और मुरझाई, पास ही एक

घनी अमराई भी दिखी पर मुझे लगा, उस आम्रकुंज में कभी कोकिल भी नहीं टहूकी होगी। लोहे की मोटी-मोटी छड़ों को पकड़कर दोनों सिपाहियों ने किसी बुन्देलखंडी दुर्ग की-सी सुदृढ़ ड्योढ़ी के द्वार खोल दिए, और उन अनोखी-अनजानी बंदिनियों के स्नेहपूर्ण-सरल आतिथ्य ने मुझे बाँहों में भर लिया। मेरी मेजबान थीं वे बंदिनियाँ, जिन्हें भाग्य, परिस्थिति एवं समाज ने अपने कुचक्र के झंझावात में लपेटकर उन चहारदीवारियों में मूँद दिया था। वहाँ यौवन, वात्सल्य, प्रेम, उमंग, आशा का प्रवेश निषिद्ध था। बीस वर्ष के जवान सलोने चेहरे पर ढूँढ़े से भी तारुण्य की झलक नहीं दीख सकती थी। प्रौढ़ा वयः भारनमिता वृद्धा लग रही थी और वृद्धा अर्थी में बँधी-सी, निर्जीव देह लिए अवश, अचल बैठी थी, जैसे बैठे ही बैठे प्राण छूट गए हों। भावनाहीन चेहरे, अडिग मुद्रा और परलोक की ओर बँधी टकटकी एक सौ अस्सी जोड़ा आँखें, एकसाथ मेरी ओर उठीं, और उस अचूक चाँदमारी से मेरी धज्जियाँ उड़ गईं, मैंने इधर-उधर दृष्टि घुमाई। सुघड़, स्वच्छ, शालीनतामण्डित, स्निग्ध निःस्तब्धता ने एक अदृश्य पुष्पहार जैसे मेरे गले में डाल दिया। कौन कह सकता था कि यह कारागार है और मेरे सम्मुख नतमस्तक खड़ी उन एक सौ अस्सी बंदिनियों की अधिकांश गर्दनों पर फाँसी का फन्दा कभी आता-आता रुक गया है!

"इनमें से अधिकांश खून की सज़ा भुगत रही हैं, कुछ डकैती और फौजदारी की। वैसे सामान्य अपराध की सज़ा पाकर कोई भी बंदिनी यहाँ नहीं आती, प्रायः उन्हें ही यहाँ भेजा जाता है जिनकी फाँसी की सज़ा कम्यूट कर दी गई है।" डॉक्टरनी ने कहा और मैं, अविश्वास से उन निरीह चेहरों को देखती ही रह गई।

खाना मेज़ पर लगाकर वे पूर्ण अनुशासन के संयम में बँधी, किसी फौजी टुकड़ी के जवानों की भाँति, अपनी-अपनी पत्थर की चौकियों पर बैठ गईं। न उन चेहरों पर औत्सुक्य था, न उन निष्प्रभ आँखों में नारी-सुलभ जिज्ञासा।

"खाना सब इन्होंने बनाया है," डॉक्टर ने कहा और मेज़ पर सजे सुस्वादु भोज्य पदार्थों के सुवासित अम्बार को ध्यान से देखा। क्या यह सम्भव था कि जिन्होंने गँडासे से, न जाने कितने नरमुंडों की कुट्टी-सी काट दी थी, उन्हीं के पतिहंता हाथों ने ऐसे सस्वादु देव-दुर्लभ भोजन में रस घोला होगा? मोनदार पूड़ियाँ, खस्ता कचौड़ियाँ, कद्दू का वह शाक, जिसके बिना पूड़ी-कचौड़ियों का व्यक्तित्व ही अधूरा रहता है, रायता और चटनी, भला किस सुगृहिणी एवं

सुपाचिका को आज उन्होंने बुरी तरह नहीं पछाड़ दिया था! फिर उन पत्थर की चौकियों पर धरी चमकती काँसे की थालियों में क्या सहज में ही पूड़ी-कचौड़ियाँ उतरती थीं? यह तो उनकी दयालु डॉक्टरनी बाई, और सहृदय अधीक्षक की कृपा थी, जो आज उन्हें मनचाही रसद जुट गई थी, फिर दक्ष पाचिकाएँ भला कसर कर सकती थीं? फिर भी मैंने देखा, सम्मुख परसी थाली के बहुप्रतीक्षित व्यंजनों को, वे न जाने कैसी खोई-खोई दृष्टि से देख रही थीं। क्या पता, घृत-पकवानों की मदिर सुगन्ध उनके स्मृतिद्वार की जंग-लगी साँकलों को एकसाथ खटकाने लगी हो? न जाने कितने भूले-बिसरे विवाह-भोज, मुंडन-जनेऊ, सत्यनारायण की कथा और गौनों में चढ़े कड़ाहों में तैरती फूली-फूली पूड़ियों की स्मृति, गह्वर बन उनके कंठ में अटक गई हो!

"खाना शुरू करो, तब हम भी खाएँगी," डॉक्टरनी ने हँसकर कहा और कतार की कतार सकपकाकर थालियों पर झुक गईं।

उदार अधीक्षक की कृपा से उन बंदिनियों को अनेक सुविधाएँ प्राप्त थीं, फिर उनके सौभाग्य से, उनकी अधीक्षिका भी एक सहृदय सौम्य विदुषी महिला थीं और उनकी डॉक्टरनी बाई, एक लम्बे अरसे से उनके साथ रह, अपराध पर ही शोध-कार्य कर रही थीं! इसी से उनकी आधि-व्याधियों का लेखा-जोखा उनके जिह्वाग्र पर था, यही नहीं, प्रत्येक बंदिनी का इतिहास भी उन्हें कंठस्थ था, और उन एक सौ अस्सी हृदयों की धड़कनें स्वयं उनकी धड़कनें बन गई थीं। अपने सुदीर्घ अनुभवों के वाचनालय में सजी, उन रंग उड़ी जीर्ण पुस्तकों के पृष्ठ, वे न जाने कितनी बार उलट चुकी थीं।

"वह जो अभी आपको पंखा झल रही थी—हीरा नाम है उसका," उन्होंने मुझसे कहा, "उम्र होगी अट्ठावन के लगभग, पर पिछली पन्द्रह अगस्त को आप इसका नाच देखतीं तो दंग रह जातीं। ऐसा लग रहा था, जैसे कोई बीस वर्ष की छरहरी नृत्यांगना नाच रही हो। वैसी ही लोच, वैसी ही मोहक नृत्यभंगिमा, और लास्य कटाक्ष।" मैंने एक बार फिर उस नृत्य-प्रवीणा को देखा। झुर्रियों से भरा एकदम स्याह चेहरा, किन्तु उस स्याह चेहरे को अपने खद्योत प्रकाश से पल-पल मोहक बना रही मधुर स्निग्ध हँसी! कभी मुझे पंखा झलती, कभी पिंलगट-सी फटकती भागकर, गर्म-गर्म पूड़ियाँ ले आती और मेरे लाख ना-ना कहने पर भी थाली में डाल देती। यही नहीं, मैं हाथ धोने उठी तो पानी ही डालने नहीं बढ़ आई, झुककर उसने मेरे हाथ स्वयं ऐसे धुला दिए जैसे मैं कोई अबोध बालिका हूँ, और स्वयं हाथ धोने में कपड़ों को छींटे

डालकर खराब कर बैठूँगी। फिर मैं कुछ कहती इससे पहले ही वह मेरे झूठे हाथों का पानी आचमन-सा कर पी गई।

"छिः छिः, यह क्या कर रही हो?" मैंने कहा।

"बहूजी, पाप की गठरी ससुरी बड़ी गरू है सिर पर। आप जैसे भले घर की बहू-बेटी का जूठा पानी इहाँ गंगाजल है हमारे लिए।"

मैं लौटकर मेज़ पर आई और आते ही डॉक्टर से उसका इतिहास पूछा तो स्तब्ध रह गई, आज दूसरे घर की बहू-बेटियों की जूठन का आचमन करने वाली हीरा, वर्षों पूर्व अपनी बालिका पुत्रवधू को उसी के पति की सहायता से ज़िंदा जला चुकी थी। पुत्र को हुई थी फाँसी, किन्तु उसे फाँसी की सज़ा से भी अधिक कठोर प्राणदंड मिला था, आजन्म कारावास! इकलौते पुत्र की मृत्यु और जघन्य पाप का बोझ, फाँसी का अदृश्य फन्दा बन, वर्षों से उसका गला घोंट रहा था और न जाने कब तक घोंटता रहेगा! और फिर साँवली उदास बड़ी-बड़ी आँखोंवाली लड़की, जो एक प्रकार से स्वयं निरपराधिनी थी, किन्तु तीन भाइयों की कुटिल साजिश के चक्रव्यूह में फँसकर भाग्य का लिखा भोग रही थी। फौजदारी की सज़ा काटकर, जब वह इस बिरादरी से विदा लेगी, तो अनेक आँखें गीली होंगी, इसमें कोई सन्देह नहीं। उसकी सुघड़ सिलाई ने उसे पूरे कारागार की ड्रेसमेकर बना दिया था। क्रोशिया की लेस में वह ऐसे-ऐसे गुलाब गूँथकर रख देती थी कि मन करता था, उठाकर सूँघ लो। उस पर कपड़ों की सिलाई में तो वह सचमुच ही सुई तोड़कर रख देती थी। अपनी सुरुचि की बेजोड़ बखिया से वह सखियों की झूले-सी जेल की आकारहीन कृतियों में, अत्याधुनिक फ्रेंच मॉडल के 'बॉडी स्टॉकिंग' की मरीचिका उभार देती। सज़ा मिलते ही प्रत्येक बन्दिनी के आभूषण उतरवा लिए जाते हैं और एक-सी सादी धोती-कुर्ती में, किसी प्रकार की भी साज-सज्जा की गुंजाइश नहीं रहती। प्रत्येक बन्दिनी को केवल अपने सौन्दर्य के ही मूलधन पर बड़ी बुद्धिमानी से काम चलाना पड़ता है। इधर-उधर दृष्टि घुमाने पर भी मुझे कहीं एक दर्पण नहीं दिखा तो मन भर आया। यह तो किसी भी नारी के लिए प्राणदंड से भी कठोर सजा थी। किन्तु दर्पण के अभाव में भी, अनेक चेहरों पर, प्रतिबिम्ब देखकर सँवारी गई लुनाई के स्पष्ट हस्ताक्षर थे। सलीके से निकाली गई माँग, काली बिन्दी, जो सम्भवतः जली लुकाठी के औदार्य से जुटाकर अनेक ललाटों की शोभा बढ़ा रही थी, और आँखों को कर्णचुम्बी बनाने की सुचेष्टा भी टेढ़ी-मेढ़ी होकर कहीं नहीं फैल पाई थी। यह

सज्जा भला बिना दर्पण के कैसे सम्भव हुई होगी? मैं यह सोच रही थी कि रहस्य स्वयं स्पष्ट हो गया। एक साँवली ताड़-सी लम्बी युवती जल से भरी बाल्टी में झुककर अपना प्रतिबिम्ब सँवार रही थी। मुझे देखकर सकपकाती बाल्टी उठाकर चौके में चली गई। नारी-सुलभ शृंगारप्रियता को क्या आजन्म कारावास भी कहीं छीन सकता है? जली लकड़ी की कालिख से बनी कज्जलरेखा, कोयला पीसकर बनाई गई मिस्सी, या लाल गुलाब की पंखुड़ी काटकर बनाई गई टिकुली, क्या जल-पूरित घट दर्पण देखकर नहीं सँवारी जा सकती? खाना खाकर, मैं अधीक्षिका के साथ विभिन्न कमरों को देखने निकली। दिन-दहाड़े भी कैसी मध्यरात्रि की-सी भयावह निःस्तब्धता थी। मोटी-मोटी लोहे की छड़ों से घिरी चौड़ी खिड़कियाँ और दृष्टि की पहुँच से बहुत दूर छिटक गया आकाश, जिसे देखने चहारदीवारी से चढ़ती आँखें स्वयं ही थक, परास्त हो फिर नीचे पसर जाती थीं। विशाल कमरे की डॉरमेटरी में दूर तक बिछी, पत्थर की कब्र-सी शिलाएँ। उन पर काले खुरदरे कम्बलों में लिपटा, प्रत्येक बन्दिनी का बिस्तर, बड़े सलीके से रखा गया था।

मैं सोचने लगी, दीवारों पर लिखी गई 'रघुपति राघव राजाराम, पतित-पावन सीताराम' की वे पंक्तियाँ क्या रात्रि की उस निःस्तब्धता में इन अभागिनियों को शान्ति दे पाती होंगी! जब उन शिलाओं पर अभिशप्त मस्तक धरते ही उनके जघन्य अपराध, डरावने दुःस्वप्न बन तक्षक नाग की-सी घातक कुंडली मार, उनकी छातियों पर बैठ, इनका गला घोंट देते होंगे और फिर इनके अपराध भी क्या साधारण थे? प्रेम के लिए काटा गया पति का मुंड, ज़िन्दा जला दी गई पुत्रवधू, डकैती में की गई कुपुरुषोचित नृशंस लूटपाट, अबोध बालिकाओं को फुसलाकर हाट-बाज़ार में बेचने का दुःसाहस, भ्रूण-हत्या और फिर एक ऐसा अमानवीय अपराध, जिसे सुन मेरे रोंगटे खड़े हो गए थे।

दो सगी देवरानी-जेठानी, कुछ ही समय पूर्व तक एकसाथ इसी कारागार में आजन्म कारावास की सज़ा भुगत रही थीं। किन्तु दोनों की नित्य की कलह, कभी भी गम्भीर रूप ले सकती थी। इसी से एक को नैनी जेल में भेजे जाने का अनुरोध किया गया था। यदि ऐसा न किया जाता, तो यह सम्भव था कि अवसर पाते ही उनमें से कोई भी एक बार फिर हत्या में सधे अपने हाथ का चमत्कार दिखा सकती थी। अब, जेठानी का स्थानान्तरण कर दिया गया था।

उनकी कहानी जितनी ही रोचक थी उतनी ही भयावह। वर्षों से चल रहे मनोमालिन्य ने, पहले जेठानी को ही रणचंडी बनाकर जीवन-रंगमंच पर भेजा।

देवर समृद्ध था और श्रृंगारप्रिया देवरानी पति की समृद्धि का उन्मुक्त प्रदर्शन कर, दिन-रात जेठानी का जी जलाया करती। कभी तिलड़ी, तो कभी पंचलड़ी, कभी हँसुली तो कभी हमेल। दोनों भाइयों की आर्थिक असमानता ने सहसा विकट रूप धारण कर लिया। फिर जेठानी पर एक दिन शैतान सवार हो गया।

जिस गर्दन पर हुलसती पंचलड़ी का देवरानी को इतना गुमान था, क्यों न उस गर्दन को ही साफ कर दिया जाए? बाँस और बाँसुरी को एकसाथ साफ करने के दुष्परिणाम की उसे कोई चिन्ता नहीं थी, देवरानी की नृशंस हत्या के अपराध में जेठानी को मिला प्राणदंड किन्तु गोद के दूध-पीते शिशु को देखकर ही फाँसी का फन्दा खींच लिया गया, अबोध शिशुपुत्र भी माँ के साथ आजन्म कारावास भुगतने लगा। जेल के नियमानुसार, छह वर्ष की आयु तक उसे भी अपनी माँ के साथ कारागार के आतिथ्य का भागी बनना पड़ा। इस बीच विधुर देवर ने अपनी साली से विवाह कर लिया था। इधर इसका पुत्र भी छह वर्ष का होते ही घर भेज दिया गया था। बड़ी बहन की हत्यारिणी जेठानी के अपराध को बड़े सरल औदार्य से भुलाकर, उसकी नई चाची उसे बड़े लाड़-दुलार से पाल रही थी कि सहसा अग्नि-गर्भा जेठानी, पैरोल पर छूटकर फिर घर पहुँच गई। पुत्र लाख बुलाने पर भी जेल से छूटी जननी के निकट नहीं गया। चाची का आँचल पकड़, छिप गए पुत्र को देखकर, जेठानी की हाड़-मज्जा भस्म हो उठी। जिन आभूषणों से दमकती देवरानी की ग्रीवा को उसने मूली-सा काट दिया था, वह तो जैसे फिर उसी धड़ पर उग आई थी। फिर इस बार तो उस धड़ का दुःसाहस और भी बढ़ गया। इस बार तो अभागों ने उसकी कोख का बेटा ही उसका दुश्मन बना दिया। जाने की बेला निकट आयी, तो वह क्रोध और विवशता के अन्धड़ में भटकती एक बार फिर अन्धी बन गई। जेल के परिवेश की सान में जिह्वा की कतरनी उसने ऐसी तेज़ बना ली थी कि घर-भर के लोग एक-एक कर उसके जिह्वा-प्रहार से घायल हो चुके थे। अब उसने देवरानी को खूब जली-कटी सुनाई।

"जैसे तेरी बहन को साफ़ किया ऐसे ही एक दिन आकर तुझे भी साफ़ कर जाऊँगी, समझी? खबरदार जो मेरे ननकू को फुसलाया! मैं क्या नहीं समझती कि तू उसे दूध-जलेबी खिला-खिलाकर क्यों फुसला रही है? चुपचाप किसी दिन कत्ल कर देगी उसका।" यह सुनते ही उसके नन्हे पुत्र ने चाची से कन्नी काट ली। चाची का क्रोध उतरा नन्हे भतीजे पर। जेठानी वापस जेल

पहुँची नहीं थी कि बेटे का कत्ल हो गया।

हत्या की थी स्वयं चाची ने फिर विधाता ने न जाने क्या सोचकर दोनों को प्राणदंड से भी अधिक कठोर दंड दे दिया, एकसाथ एक ही कारागार में आजन्म कारावास। यह सचमुच ही दोनों के लिए बड़ी भारी सज़ा थी। उठते-बैठते, दोनों एक-दूसरे को अदृश्य भाले-बरछियों से छेदने लगीं। अब जेठानी नैनी जेल भेज दी गई थी, किन्तु पश्चात्ताप का असाध्य कैंसर देवरानी को घुला रहा था।

"इससे तो मुझे फाँसी ही मिल जाती तो अच्छा था, रात-रात को उठकर बैठ जाती हूँ, कान के पास आकर दुश्मनियाँ कहने लगता है, 'चाची, ओ री चाची'!"

सुना, जिस कमरे में उसने बालक की नृशंस हत्या की थी, वहाँ इतना अँधेरा था कि दिन में भी पुलिस ने मशाल जलाकर लाश के टुकड़े बरामद किए थे।

किन्तु उसी कारागार में पश्चात्ताप की ज्वाला से अछूती बन्दिनियाँ भी हैं।

एक कमरे में हाथ बाँधे राजमहिषी-सी खड़ी अगली नाजमती ने मुझे देखते ही बड़ी अवज्ञा से, उदासीन दृष्टि का थप्पड़-सा मार, अपनी मराल ग्रीवा फेर ली। क्या रंग था और कैसी खड्ग की धार-सी नासिका। उसके उसी अभद्र अशिष्ट आचरण के कारण सम्भवतः उस दिन सहभोज में सम्मिलित नहीं किया गया था। सर्कस की किसी अधखिली सिंहनी-सी ही वह खूँखार नरभक्षिणी कभी भी दर्शकों पर झपट सकती थी। इसी से उसे बाहर रिंग में लाना शायद अधिकारी वर्ग को खतरे से खाली नहीं लगा होगा। उन कंजी आँखों में एक हिंस्र, वन्य लपट देखकर मैं काँप गई। उसे सहभोज से वंचित रखा गया था, किन्तु उस सामान्य दंड से, सुन्दर चेहरे पर एक शिकन भी नहीं उभरी थी। यह तो कारागार नहीं, जैसे महाराजा छत्रसाल की पटरानी का अंतःपुर था और असंख्य अदृश्य चेरी-बाँदियों से घिरी बड़ी रानी सरकार, प्रभुता के मद में झूमती, टहल रही थीं। पहली झलक में वह बीस वर्ष की युवती-सी छरहरी लगी, किन्तु गौर से देखे जाने पर उस छलनामयी गतयौवना का बहुरूपी उत्तरीय खिसक गया। इस बार शायद, उसके नारी-सुलभ औत्सुक्य ने उसके बनावटी गाम्भीर्य पर विजय पा ली। कनखियों से वह भी हमें देखने लगी और उस काक दृष्टि में कुटिल चेहरे की एक भाँज, स्वयं खुलती चली गई।

व्यंग्यात्मक बंकिम स्मित में उसके क्रूर स्वभाव के द्योतक पतले अधर खिंचकर रह गए, जैसे पूछ रही हो—क्यों, क्यों देखने आई हो हमें? क्या हम किसी चिड़ियाघर के नुमाइशी पशु-पक्षी हैं?

जैसा जीवन जिया हो उसकी छाप मानव चेहरे को सचमुच ही अपने रंग में रँग देती है, इसमें कोई सन्देह नहीं। मिस्सी लगे दाँतों की क्षणिक चमक, नुकीले तेवर, ठोड़ी का गोदना और कंजी आँखों में छिपी कुटिल बरछियों की झलक दिखाकर, उसने फिर पीठ फेर ली। मैं आगे बढ़ गई।

"अब भी इस उम्र में इतनी सुन्दर है, तो अपने यौवन काल में यह कितनी सुन्दर रही होगी..." मैंने उनकी अधीक्षिका से कहा, तो वह हँसकर बोली, "सुन्दर? काश, इसके सुन्दर चेहरे-सी ही सुन्दर इसकी केस-हिस्ट्री भी होती! किन्तु वह तो है एकदम विपरीत, कदर्य-कुत्सित ही नहीं, कलंकमंडित। न जाने कितनी डकैतियों में डाकुओं की निर्भीक संगिनी बन, वह कितने ही हरे-भरे घर उजाड़ चुकी थी। यही नहीं अब भी उसके प्रशंसकों का अभाव नहीं था। सबसे अधिक मिलनेवाले इसी के पास आते हैं। इससे बीस वर्ष छोटा एक सुदर्शन ठाकुर, अभी कुछ दिन हुए, इससे मिलने आया था, टोकरी-भर मेवे लेकर। इतने सारे मेवे, एकसाथ किसी भी बन्दिनी को नहीं दिए जा सकते, हमने कहा, 'कारागार के नियमानुसार आप इसे केवल अभी खाने-भर की सामग्री दे सकते हैं। तब हँसकर, इसके छोकरे प्रेमी ने, अपनी ही उपस्थिति में इसे सारे मेवे खिला दिए।" मुझे उस प्रत्युत्पन्नमति पठान की कहानी का स्मरण हो आया, जो साथ में एक मोटा दुम्बा लेकर यात्रा कर रहा था। टिकट चेकर द्वारा दुम्बे का टिकट माँगे जाने पर उसने तत्काल वहीं दुम्बे को काट-कूट उदरस्थ कर लिया था। निश्चय ही उन प्रौढ़ कपोलों की लालिमा में उन पौष्टिक मेवों की ललछौंही आभा एक लम्बे अर्से के लिए रिसकर रह गई थी।

"अभी तो आप उससे मिली ही नहीं।" दक्षिणी डॉक्टरनी का आनन्दी चेहरा बचकाने उत्साह से रँग गया। मुझे भी जैसे उस उत्साह की छूत लग गई और मैं उतावले कदमों से चौके की ओर बढ़ी। छोटा-सा धुएँ से भरा चौका—किसी भी सुगृहिणी के चौके-सा साफ-सुथरा और पकवानों की सुगन्ध से सुवासित था। एक बड़ी-सी कड़ाही में घुटनों तक धोती चढ़ाए दो लम्बी तातार-सी औरतें पूड़ियाँ तल रही थीं। सहसा धुएँ की कुहेलिका को चीरती वह अपने दो गुलगोथने हाथ जोड़कर खड़ी हो गई।

"यह मेम साहब तुम्हारे ही देश से आई हैं चनुली," उसकी अधीक्षिका ने

कहा और उसने एक लजीले दृष्टिपात से मुझे बींधकर आँखें झुका लीं।

"क्यों चनुली, किस गाँव की हो तुम?" मैंने हँसकर पहाड़ी में पूछा। पर मैं क्या जानती थी कि उसके बिछुड़े देश की भाषा में पूछा गया मेरा निर्दोष प्रश्न नश्तर बन उसी क्षण उसके पके नासूर को बेरहमी से चीर देगा।

दोनों हाथों से मुँह ढाँपकर वह फफक-फफककर रोने लगी तो मैं अप्रस्तुत हो गई।

"बहुत दिनों बाद आपके मुँह से अपनी भाषा सुनकर ही शायद बेचारी अपने को रोक नहीं पाई। वैसे वह कभी रोती नहीं।" डॉक्टरनी ने अंग्रेजी में कहा और फिर बड़े चातुर्य से प्रसंग बदल दिया, "अच्छा चलो तो चनुली, हमको काम है, तुम मेम साहब को स्कूल और पूरी जेल दिखा लाओ।"

मेरी अनजान उपस्थिति में अचानक ऐसे टूटकर बिखर जाने से चनुली जैसे मेरी ओर आँखें उठाकर देख नहीं पा रही थी। आँखें पोंछकर नीची नज़र किए ही बोली, "आइए!" और मैं निःशब्द उसके पीछे-पीछे चलती एक बार फिर जेल की परिक्रमा कर गई। बच्चों की कक्षा देखी तो मन भर आया। किन्तु क्या वह सचमुच बच्चे थे! छः वर्ष के भोले निष्पाप चेहरों पर छब्बीस वर्ष के अनुभव की छाप थी। बेरौनक-उदास चेहरों में जड़ी पीली आँखों में क्षण-भर के लिए किसी दम तोड़ती टॉर्च के नन्हें-नन्हे बल्ब की-सी ही चमक आई फिर दप्-से बुझ गई। नन्हे-नन्हें हाथ हिला-हिलाकर उन्होंने मुझे कविता सुनाई, गाने गाए, चाबी खतम हो रहे लट्टू की भाँति एक-दो ने गोल-गोल घूम संक्षिप्त नृत्य प्रदर्शन भी किया, किन्तु मुझे लगा, वर्षों पूर्व बचपन में देखे राजस्थानी कठपुतलियों के किसी कठपुतले का नाच फिर देख रही हूँ, जो बार-बार मरने का अपूर्व अभिनय करता, भड़ाम से गिर, फिर उठ गले में बँधा सार्डिन का टीन पीट सीटियों में गाने लगता था, "थोड़ी-थोड़ी और बजेगी।"

छह वर्ष का होते ही जब उन्हें पिता या अभिभावकों के पास भेज दिया जाएगा, तब जननी का यह अवांछनीय सान्निध्य क्यों उनके लिए अनिवार्य है, मेरी समझ में नहीं आया। कैसा ही आदर्श कारागार क्यों न हो, इन अबोध शिशुओं के कोमल मन पर क्या इस परिवेश की छाप सदा के लिए नहीं पड़ जाती होगी?

मैंने एक बार फिर उन्हें देखा और सहमी दृष्टि फेर ली। मुझे लगा जैसे फूलदान में यत्न से लगाए गए उन कोमल पुष्पों की पंखुड़ियाँ छूते ही

भरभराकर बिखर जाएँगी।

"शायद आप चनुली से एकान्त में बातें करना चाहेंगी," दयालु जेलर मुझे अपने कमरे में छोड़ आई। छोटा-सा साफ़-सुथरा, हवादार कमरा चारों ओर से खुला हुआ था। चनुली चुपचाप मेरे पैरों के पास आकर बैठ गई, जैसे मेरी बहुत दिनों की बिछुड़ी पालतू बिल्ली हो।

निःस्तब्ध कमरे की निःसीम शून्यता के बीच मैं थी और मेरे पैरों के पास बैठी चनुली। ठीक ही कह रही थी अधीक्षक की पत्नी। जैसा रूप है वैसा ही सौम्य आचरण! आश्चर्य होता है कि ऐसी सन्त बालिका ने भी किसी के प्राण लिए होंगे। चनुली का करुण इतिहास, मैं उन्हीं से सुन चुकी थी, पर स्वयं चनुली के मुँह से सुना तो फिर कुछ कह नहीं सकी।

उत्तराखंड के सीमावर्ती आसपास बसे दो ग्रामों में ही उसका मायका और ससुराल थी। विवाह हुआ था स्वयं पति की इच्छा से। अपने सीढ़ी-से बने खेत पर खड़े उस बाँके कुमाउँनी जवान ने सुन्दरी चनुली को बकरियाँ चराते देखा था। निर्णय लेने में उसने फिर विलम्ब नहीं किया। किन्तु पुत्र जब जननी को पुत्रवधू-चयन के जन्मजात अधिकार से वंचित करने की धृष्टता करता है, तो कभी पढ़ी-लिखी जननी का चित्त भी विद्रोह कर उठता है, फिर वह तो एक अपढ़ ग्राम्या माँ थी। विवश होकर बहू ले तो आई, किन्तु उसे स्वीकार नहीं कर पाई। आए दिन गृह-कलह की आतिशबाजी से ग्राम का आकाश रंगीन बनने लगा और आनन्द उठाने के लिए प्रतिवेशी परिवारों की भीड़ जुटने लगी। इसी बीच सीमान्त के चीनी युद्ध ने नवेली चनुली के फौजी पति को भी बुला लिया। वह गया और फिर नहीं लौटा। पुत्र की अकाल मृत्यु ने कर्कशा सास को जीती-जागती तोप बना दिया और वह दिन-रात आग उगलने लगी, "कुलच्छनी, तूने ही मेरे बेटे को खा लिया।" चनुली की एक प्रतिवेशिनी उसकी सास के तोपखाने के लिए नित्य बारूद जुटाती थी। सुबह-सुबह चुनी नई दराँती लेकर घास काटने निकली तो वही झगड़ालू पड़ोसिन जान-बूझकर ही उसके पीछे हो ली। मार्ग-भर वह उसको छेड़ती गई। छौंक लगा रही थीं उसकी अन्य सखियाँ। चनुली ने गले का मंगलसूत्र और नाक की फुल्ली न उतारने की धृष्टता की थी। इसी से नारीवर्ग ने उसका सामाजिक बहिष्कार कर दिया था। अभियान की अगुवा थी वही कर्कशा प्रतिवेशिनी। "यह श्रृंगार क्या राँड-रंड-कुली औरत को शोभा देता है? वहाँ बुढ़िया बेटे के लिए पागल हो रही है।

यहाँ इस मुई का यह चरित्तर है।"

"दीदी," चनुली का गला रुँध गया, "मेरा मन कहता था कि वे ज़िन्दा हैं, और मेरा मन कभी झूठ नहीं बोलता, इसी से मैं चरयो, फुल्ली नहीं उतारती थी और क्या मैं सजने-धजने के लिए यह सब करती थी? फिर उसी रात को, मैंने उन्हें सपने में देखा था। मन भारी था, उसने मुझसे ऐसी बात कह दी तो मैं क्रोध में पागल हो गई। खींचकर मैंने दराँती उसकी ओर फेंकी, मैं क्या जानती थी दीदी कि एक ही चोट में उसकी गर्दन लटक जाएगी?"

चनुली ने अपनी निर्दोष आँखें मेरे चेहरे पर गड़ा दीं। यदि मैं न्यायाधीश होती, तो उसी क्षण उन निर्दोष आँखों की गवाही ही को सत्य मान, उसे मुक्त कर देती। कैसा भोला निष्पाप चेहरा था, और निष्कपट कैशोर्य का कैसा सरल आत्मनिवेदन!

"फिर?" मैंने साँस रोककर पूछा।

"फिर खून का फव्वारा-सा छूटता देख मैं भागकर घर आ गई पर सबने तो मुझे देख लिया था। उसी दिन मुझे अल्मोड़ा ले जाया गया।"

"क्यों किसी ने क्या तुम्हारी जमानत नहीं दी?" मैंने पूछा।

"मेरी जमानत कौन देता?" उसने एक लम्बी साँस खींचकर कहा, "मैंने खून किया था वह भी वरहमहत्या। वह ब्राह्मणी थी, अकेली मेरी माँ ही रोती-रोती बरा के पीछे बहुत दूर तक भागती आई थी।

" फिर मुकद्दमा चला, मुझसे बार-बार पूछते, 'तुमने उसे दराँती मारी थी?' 'हाँ जी, मारी।' मैं कहती। 'तब तुम जानती हो लड़की, कि तुम्हीं ने उसका खून किया है,'—'नहीं साब, मैंने खून नहीं किया, वह तो मुझसे हो गया।' "

उसने बड़े भोलेपन से, अपने कथन की पुष्टि के लिए, मेरा हाथ कसकर पकड़ लिया।

"आप ही बताइए दीदी, मैं झूठ बोली? खून क्या मैंने जान-बूझकर किया था? वह तो मुझसे हो गया था।" यह जो 'मुझसे हो गया' की मिठास और निरीह भोली कमनीयता पहाड़ी भाषा में है, उसे ग्राह्य करने की क्षमता यदि उस न्यायाधीश में होती, तो निश्चय ही वह उसे छोड़ देता।

पुण्यतोया भागीरथी सलिल-से पवित्र अश्रुजल से छलछलाते, विकसिताम्बुज नेत्रपत्र, पन्द्रह दिन के संक्षिप्त हनीमून की मधुर स्मृति का उल्लेख करते ही थरथरा रहे अधरद्वय और सुडौल कांचन-सन्निभ देहयष्टि! एक अकेली चनुली ही उस कारागार को, ज्योति पुंज बन, आलोकित कर

सकती थी। वह अब जेल की सर्वश्रेष्ठ सुन्दरी ही नहीं, अपने अनुकरणीय आचरण से, अपूर्व लोकप्रियता भी प्राप्त कर चुकी थी। इधर उनके उदार अधीक्षक ने बड़े साहस से उन्हें गाइडिंग की सुविधाएँ भी उपलब्ध करा दी थीं, नीली साड़ी और गाइडिंग का बिल्ला लगाए, मुड़े कफ़ की कुर्ती में, चनुली किसी द्युतिमान तारिका से कुछ कम आकर्षक नहीं लगती थी। उसे पहले प्राणदंड ही मिला था क्योंकि उससे अनजाने में हो गई हत्या भी नृशंसता के दायरे में आती थी। छिन्नमस्ता प्रतिवेशिनी की गर्दन धड़ से दूर छिटका, उससे चलते-चलते भी प्रतिशोध ले लिया था। किन्तु उस कमनीय चेहरे की लुनाई ने स्वयं ही उसकी पैरवी की। संसार का कौन जल्लाद, भला उस चेहरे पर नकाब की यवनिका डाल, फाँसी का फन्दा खींच सकता था! आजन्म कारावास का काला कम्बल ओढ़, वह पहले नैनी रही फिर अपने सौम्य आचरण का पासपोर्ट दिखाकर, आदर्श कारागार में प्रवेश पा गई। इसी बीच किसी हिन्दी फिल्मी नायक की भाँति उसका प्रणयी पति सहसा आकर उपस्थित हो गया। पन्द्रह दिन की सहचरी के क्षणिक साहचर्य की मादक स्मृति उसे पागल बना गई। उसने उच्च न्यायालय में अपील की, यदि दयालु न्यायाधीश उसकी पत्नी को छोड़ दें, तो वह उसे ग्रहण कर लेगा। दोष उसकी पत्नी का नहीं था, उसकी कर्कशा प्रतिवेशिनी ने ही उसे उकसाया था।

एक विदेशी उक्ति है कि प्रेमी से समस्त विश्व प्रेम करता है, सुप्रीम कोर्ट ने चनुली की सजा चार वर्ष की कर दी। इस बीच वह बराबर अपनी बन्दिनी सहचरी को रसपगे आश्वासनपूर्ण पत्र लिखता रहा।

"क्या वह तुमसे मिलने भी आया?" मैंने पूछा।

"नहीं, मेरी सास ने उन्हें आने नहीं दिया, मुझसे मिलने आते तो पूरे गाँव को खिलाना पड़ता। पर उनकी चिट्ठियाँ..." अधूरे वाक्य के बीच ही उसका चेहरा गुलाबी पड़ गया, दोनों घुटनों में सिर डालकर वह चुप हो गई, उसके अनकहे वाक्य से ही मैं समझ गई कि उन मधुर रसीली चिट्ठियों में ही उसने अपने खोए पति को फिर पा लिया है। "किन्तु इधर दो सालों से उनकी एक भी चिट्ठी नहीं आई, एक बार जेठजी ही आए थे।"

"तुमने उनसे पूछा नहीं?" मैंने कहा।

"पूछती कैसे दीदी, मुझे शरम जो आती थी?"

पहली बार, मैंने उसके पीले चेहरे पर मधुर लजीले-स्मित की प्रेमछाया-सी देखी। उस अँधेरे कमरे में भोले चेहरे को क्षण-भर के लिए दर्शनीय बना गई

उस मोहक मुस्कान को देख, मैं पलक झपझपाते ही समझ गई कि क्यों प्राणदंड पा गई प्रेयसी को छुड़ाने उसके पति ने अपील की होगी!

"मैं जानती हूँ दीदी, उन्होंने दूसरी शादी कर ली होगी, यही सोचती हूँ। दो साल तो कट गए हैं, दो साल और हैं। पर छूटकर कहाँ जाऊँगी मैं? कभी मिलते तो यही पूछती। जब ले ही नहीं जाना था तो मेरी सजा कम क्यों करवा दी? अब तो यही मेरा मायका और ससुराल है। सच पूछो तो मुझे मायका ही लगता है। यहाँ जब आई तो पढ़ना नहीं जानती थी; अब पढ़ना सीख गई हूँ। दिन-भर तो काम में कट जाता है पर रात नहीं कटती। चैत आता है तो सोचती हूँ, काफल पका होगा, घर-घर 'भेटुली' बन रही होगी। बैसाख में सेब, खुमानी वाली हवा चलने लगेगी और माघ-पूस में बरफ ही बरफ—कभी-कभी तो सारी रात बरफ ही के सपने दीखते रहते हैं।"

"चनुली, मैं इस गर्मी में पहाड़ गई तो तुम्हारे गाँव भी जाऊँगी। कहती हो, अल्मोड़ा से दो घंटे का रास्ता है। क्या नाम है तुम्हारे गाँव का और तुम्हारे पिता का?"

बर्फीली हवा के दिवास्वप्न भंग हो गए। फलों से गदराए खुमानी, आड़ू के पेड़ सहसा मेरे प्रश्न के वज्रपात से धराशायी हो गए। उसका चेहरा पीला पड़ गया। "जिस गाँव से रिश्ता टूट ही गया उसका क्या अब नाम लूँ दीदी," वह बोली, "बाबू के नाम पर तो उसी दिन कालिख पोत आई, कराम खाई थी कि अब इस पापी मुँह से उसका नाम कभी नहीं लूँगी। पर और पता बता सकती हूँ। ब्राह्मण हैं, गाँव के प्रधान हैं चौरवानी, पट्टू का भूरा कोट और काली गबरून का बन्द पायजामा पहनते हैं। ऐनक लगाते हैं, एक कमानी डोरी से बँधी है। घर के दाईं ओर की पगडंडी शिवालय से होकर ठीक हमारे 'म्वाल' में उतरती है। सामने तीन मिहिल नासपातियों के पेड़ हैं और पिछवाड़े एक कागजी अखरोट का जंगी पेड़ भी है।" चनुली ने, एक साँस में अपने ग्राम का पूरा नक्शा उगल मेरी ओर बड़ी आशा से देखा। फिर उसे लगा, शायद कुछ कसर रह गई है। रुक-रुककर वह फिर कहने लगी, "बाबू मेरे एकदम गऊ हैं, शान्त, किसी से कुछ नहीं कहते। देवरजी का अभी जनेऊ नहीं हुआ। इसी से दो चोटियों की लटी करते हैं, शक्ल इनसे बहुत मिलती है, पर रंग इनसे बहुत गोरा है।"

फिर उसने धीमे स्वर में पूछा, "अब तो आप ढूँढ़ लेंगी ना?"

पर मैं क्या ढूँढ़ पाऊँगी?

उत्तराखंड की गोरखधंधे-सी दुरूह ज्यामिति में भूरा कोट और काले गबरून का बन्द पायजामा पहने उस गऊ-से शान्त प्रधान को क्या मैं सहज में ढूँढ़ पाऊँगी, जिसकी तागे से बँधी एक कमानीवाली ऐनक के नीचे धुँधली आँखों में एक गोल पीले चेहरे का करुण चित्र बार-बार उभरता, विवर्ण अश्रुजल के बीच डूब जाता है? कुमाऊँ के असंख्य घरों के बीच, क्या मैं उस घर को ढूँढ़ सकूँगी, जिसके दाईं ओर से मुड़ गई पगडंडी, शिवालय से होती ठीक उस 'म्वाल' में उतरती है, जहाँ सामने तीन मिहिल नासपातियों के पेड़ हैं और पिछवाड़े एक जंगी कागजी अखरोट, जहाँ दो चोटियों की लटी लटकाए उसके 'गोरे देवरवा' का चेहरा एकदम उसके 'साँवरे प्रीतम' से मिलता है?

"और कुछ?" मैंने अपनी विवशता की एक लम्बी साँस से दबाकर पूछा।

"हाँ दीदी!" वह आज बड़े उत्साह से मुझे अपने मायके की देहरी से अल्मोड़ा कचहरी की ओर खींच ले चली, "वहाँ से अल्मोड़ा कचहरी आकर मेरा एक काम और कर देना। जब मुझे अल्मोड़ा से ले जाया गया, तो मेरे सब गहने खुलवा लिए गए थे, पर 'चरयो' (मंगलसूत्र) मैंने नहीं खोलने दिया, नाक की फुल्ली उतारने लगे, तो मैं हाथ जोड़कर बहुत गिड़गिड़ाई, पर पटवारी ज्यू बोले, 'पगली, जेल में क्या सोहाग-धरम का शगुन-अशगुन चल सकता है? यह आज तेरे ही गहने खोले जा रहे हैं? यहाँ तो रानी-महारानी भी जेल जाएँ, तो उनके गहने भी खुलवा लिए जाते हैं।' फिर फुल्ली उतारकर पत्थर पर रख दी तो मैंने पैर पकड़ लिए। आप तो पहाड़ी हैं, जानती ही होंगी कि सोहाग कहीं पत्थर पर धरा जाता है?"

हाँ, मैं जानती थी, मंगलसूत्र, लौंग या चूड़ी पत्थर पर धरे जाने का श्राप, कुमाउँनी सधवा के लिए सबसे घातक श्राप है—'तेर चरयौ ढुंग में धरीजा,' इससे बड़ी गाली भला और क्या हो सकती थी।

"तब पटवारी ज्यू ने कहा था, 'अभी सब गहने गिनती होकर रजिस्टर में चढ़ते ही तिजोरी में धर देंगे, रोती क्यों है?' तुम ज़रा जाकर, अपनी आँखों से देख लेना दीदी, मेरी फुल्ली ठीक से धरी है या नहीं।"

आज तक जिस गह्वर को मैं बड़ी देर से घुटक रही थी वह सहसा कंठनली में एक मुक्का मारकर, बाहर निकलने को व्याकुल हो उठा। पति ने आँखें फेर ली थीं, हृदयहीन समाज के द्वार, बन्दिनी के मुक्त होने पर भी उसी निर्ममता से मुँदे रहेंगे, फिर भी सवा रुपये की फुल्ली के प्रति ऐसा मोह! क्या यह भोली सावित्री इसी फुल्ली के बल पर अपने सत्यवान को लौटा पाएगी?

"मैंने सुना तुम बहुत अच्छा गाती हो चनुली। बहुत दिनों से पहाड़ी गाना नहीं सुना," मैंने करुण प्रसंग का पृष्ठ स्वेच्छा से ही पलट दिया।

उसकी आँखों में एक चमक आई, फिर उसने अपनी स्वाभाविक लजीली चितवन से मुझे देखकर आँखें झुका लीं।

"पन्द्रह अगस्त को, तुमने सुना, एक बहुत ही बढ़िया पहाड़ी गाना गाया था, नहीं सुनाओगी क्या?" मैंने उसे किसी बच्ची की भाँति फुसलाया। वह कुछ झिझकी फिर पहाड़ी दुनाली मुरली-सी ही मीठी पतली आवाज़ कारागार के कठिन कपाटों से टकराकर गूँज उठी :

पल्टनो को बाजो बाजन लागो,
झोला तमलोटा साजन लागो
ओ मेरी इजा, पकै दे खीरा
लड़ना सूँ जाँछ—कुमय्याँ बीरा

पलटनिया बाजा बजने लगा है, फौजी झोले-तमलोटों से सजा वीर रणबाँकुरा युद्ध में जा रहा है—अरी मेरी माँ, तू जल्दी खीर तो पका दे, तेरा कुमय्याँ वीर लड़ने को जा रहा है।

उन सूजे पपोटों के नीचे झपकती रेशमी पलकों में पैर रखता क्या सचमुच ही उसका कुमय्याँ वीर खाकी वर्दी पहने परेड करने लगा था?

बाहर लू की प्रचंड लपटें उठ रही थीं, किन्तु मुझे लगा, खुली खिड़की से मुट्ठी भर दैवद्रुमों की शीतल बयार आकर बिखर गई है। किसी छरहरी किशोरी-सी कृशोदरी 'सुँआल' नदी को देखती मैं, नैनीताल से अल्मोड़ा जा रही बस में बैठी हूँ। सामने है काकड़ी घाट की सुरम्य घाटी और घाटी की गोद में बिखरा देवालय, बस बलखाती चली जा रही है। सरल महायात्रियों के बीच बिखरी पोटलियाँ, पोटलियों के बीच बिखरा सेब की पेटियों का वैभव और पेटियों की दरार से आती सेब की मादक सुगन्ध। दूर-दूर तक फैली पर्वतीय श्रेणियों से ही टकरा-टकराकर क्या वंशी-सी मिट्ठी कंठ की मधुर गूँज उठ रही थी? "पल्टनो को बाजो बाजन लागो, झोला तमलोटा साजन लागो।" अचानक मैं चौंकी। कमरे में क्या हम दोनों अकेली रह गई थीं। चनुली के मीठे स्वर का जादू, न जाने कब, कारागार की बन्दिनियों को उस कमरे में खींच लाया था। मीठे स्वर के जादू ने, किसी चतुर मेकअपमैन की-सी तूलिका से एक-एक चेहरा रँगकर बदल दिया था। काली हीरा, उदास आँखोंवाली माया, दाँतों में सोने की कील ठुकी, पिथौरागढ़ निवासिनी वॉर्डन। सबके चेहरों पर

बद्री-केदार से लौट रही वैष्णवियों की-सी सात्त्विकी स्निग्धता उतर आई थी। मैं उठ गई।

"आप क्या इनसे दो शब्द नहीं कहेंगी?" अधीक्षक की हँसमुख पत्नी ने मुझसे पूछा।

"नहीं," मैंने गर्दन हिला दी, पक्षाघात के किसी आकस्मिक झटके ने मेरी वाणी हर ली थी। वाणी होती भी तो मैं किस भाषा में उनसे दो शब्द कह सकती थी? वहाँ जो भाषा ग्राह्य थी, आँखों ही आँखों में, उसी भाषा के माध्यम से, मैं उनसे विदा लेकर बाहर आ गई। एक क्षण के लिए उन्मुक्त आकाश भी मुझे अनचीन्हा लगा। सामने की विराट् ड्योढ़ी फिर बन्द हो गई किन्तु खिड़की बन्द होने से पहले मेरी उतावली दृष्टि स्वयं ही मुँद रहे कपाटों पर जम गई। दो अश्रुसिक्त आँखों को पहचानने में मैंने भूल नहीं की।

'दो साल और हैं दीदी, फिर मैं कहाँ जाऊँगी?' उसका प्रश्न बार-बार मेरे कानों में बज रहा था। वर्षों पूर्व, आश्रम के लोकप्रिय नेत्रहीन गायक कालू ने छातिमतला की संगीत सभा में अपने एक अपूर्व गीत से श्रोताओं को झुमा दिया था, आज उसी मिश्री घुले कंठस्वर की स्मृति मुझे चनुली की अश्रुसिक्त आँखों के मूक प्रश्न का उत्तर सुझा गई।

छिन्न शिकल पाये नीये।
रे पाखी
जा उड़े, जा उड़े, जा रे एकाकी
(अरे पंक्षी—
छिन्न श्रृंखला पाँवों में लेकर
तू अब एकाकी ही उड़ जा)।

छिः, मम्मी, तुम गन्दी हो

कैसा आश्चर्य था कि उसके नाम का पावन स्पर्श भी उसके व्यक्तित्व को उस कलंक से नहीं बचा पाया। बचाता भी कैसे? स्वयं, इस जानकी ही ने तो अपने जानकीवल्लभ को, महाप्रयाण के लिए ढकेल दिया था। मैं बड़ी उत्सुकता से उसकी प्रतीक्षा कर रही थी, किन्तु एक ही आशंका मुझे बार-बार विचलित कर रही थी। इस बार मैं अकेली नहीं थी, कारागार की सुरक्षा-व्यवस्था निश्चय ही अधिक सतर्क थी, इस परिवेश में, क्या मुझे मेरे प्रश्नों का स्वाभाविक उत्तर गिल पाएगा? कौन नारी, भला अपना हृदय किसी दूसरी नारी के सम्मुख खोलने के पूर्व एकान्त की कामना नहीं करती?

चैत्र नवरात्रि की प्रथम पावन तिथि थी, और मैं उन लौह कपाटों में स्वेच्छा से मुँदी बैठी थी। कहा जाता है कि संवत्सर का पहला दिन जैसा कटे, वर्ष-भर फिर वैसा ही कटता है। एक अजीब-सी दहशत से मैं काँप उठी पर जान-बूझकर ही इस चिलचिलाती प्रखर दुपहरी में मैं चुम्बक से खिंची-सी चली आई थी। जानकी की कहानी मैं सुन चुकी थी और उससे मिलकर, स्वयं उसी के मुँह से, उसके दुर्भाग्य का इतिहास मैं एक बार फिर सुनने को ललक उठी थी। वह आई तो मैं चौंक गई। ओह! तो यही थी जानकी। मेरी दृष्टि उसके गोल चेहरे से फिसलती घुटनों पर धरे उसके चौकोर कर-पृष्ठ पर निबद्ध हो गई। यदि उसका चेहरा न दिखाकर कोई मुझे उसके दोनों हाथ दिखाता तो मैं सोचती, यह किसी स्वस्थ उद्दण्ड किशोर के पंजे हैं, जिन्हें उसने बड़े यत्न से पंजा लड़ा-लड़ाकर, पुष्ट बनाया है। किसी को एक झापड़ धर दे तो दिन में भी सम्पूर्ण नक्षत्रमंडल दिख जाए। गेहुँआ रंग, मँझोला कद। और इसमें कोई सन्देह नहीं कि उसकी देह का सौन्दर्य ही उसका ऐश्वर्य था। कारागार के कठिन परिवेश में भी, उस पुष्ट उज्ज्वलयौवना की देहलता में नित्य नवीन

कल्ले फूट-फूटकर लहरा रहे थे। कपोलों पर थी किसी सेनिटोरियम की सद्यःमुक्ता रोगिणी की लालिमा, आँखों से आँखें न मिला पाने की दुर्बलता, बार-बार घनी पलकों को झपका रही थी। गांधीजी ने कहा है—अपराधी का अपराध उसके चेहरे पर लिखा रहता है, और इस बार उस लिखावट को पढ़ने में मुझे प्रयत्न नहीं करना पड़ा, फिर भी मैं मानव-स्वभाव की दुरूह भूलभुलैयाँ में भटककर रह गई। न उस उत्फुल्ल चेहरे पर क्लान्ति, अवसाद या चिन्ता की क्षीण रेखा थी, न चंचल चितवन में जीवन के कटुतम अनुभव का कोई भी स्मृति-चिन्ह। 'पुण्यो वै पुण्येन कर्मणा भवति, पापः पापेनेति'—मनुष्य पुण्यकर्म से पुण्यवान एवं पापकर्म से पापी होता है, ऐसा हमारे धर्म-ग्रन्थ कहते हैं, तब क्या इस अभागी ने भी पापकर्म से प्रेरित होकर ही पाप का वरण किया था? जिसका अँगूठा पकड़कर उसने पवित्र अग्नि के फेरे किए थे, जिसके साथ वह एक दिन लाल चूड़े चमकाती दुलहन सजी चली आई थी, उसकी गर्दन गँडासे से विलग करने का आदेश क्या इस भोली युवती ने सचमुच ही अपने प्रेमी को दिया होगा?

क्या घुटनों पर हाथ धरे, मेरे सम्मुख बैठी इस सरला सलोनी ने, एक अँधेरे गोदाम में अपने छोकरे प्रेमी को मशीन की धार में तेज किए गए गँडासे सहित दो दिन तक छिपा, उसी छत के नीचे अपने शयन-कक्ष में मदालस पति की उसी गर्दन में बाँहें डाल प्रेम का अपूर्व अभिनय किया होगा जिसे कुछ ही घंटों की अवधि में गन्ने की गँडेरी-सी काट देने की कुमंत्रणा वह स्वयं अपने प्रेमी को दे आई थी!

अविश्वास से मैंने फिर देखा। निरीह-भोली चितवन, यौवन से गदरायी देह, पृथुल चेहरे पर मांसल चिबुक की परतें। उसकी यह छवि किसी भी प्रणयी पुरुष को रिझा सकती थी। "तुम्हारी कहानी तुम्हीं से सुनने आई हूँ," मैंने हँसकर भूमिका बाँधी।

पहली बार आँखें उठाकर उसने मुझे देखा, और हँस पड़ी। इस बार मैं अप्रस्तुत हो गई। ऐसी निश्छल, उज्ज्वल, निर्दोष हँसी के लिए मैं प्रस्तुत नहीं थी। यत्न से भुलाए जा रहे उसके जघन्य अपराध की स्मृति के गड़े मुर्दे उखाड़ने का मेरा दुःसाहसी अनुरोध उसे ऐसे गुदगुदा देगा, इसका मुझे स्वप्न में भी आभास नहीं था। मैं तो सोच रही थी, एक लम्बी साँस खींचकर वह या तो चुप बैठी रहेगी या रोने लगेगी किन्तु वह तो सचमुच ही हँस रही थी। उसकी उज्ज्वल हँसी, उसके विलासी गढ़न के अधरों से छलकती, उसके पूरे

आमोदी चेहरे को रससिक्त कर गई। उसकी स्वस्थ दन्तपंक्ति, निश्चय ही उसके साधारण चेहरे का, एक असाधारण आकर्षण थी। लाल-लाल मसूढ़ों पर, एक पंक्ति में सजी दाड़िमदशन-द्युति, देखनेवाले की आँखें बाँध लेती थी। आजन्म कारावास का दण्ड सिर-माथे पर लेकर, वह जब यहाँ आई थी, तब भी क्या ऐसे ही हँस पाई होगी? समाज की; आत्मीय स्वजनों की, यहाँ तक कि स्वयं अपने गर्भ की सन्तान की घृणा, लांछना और अपमान की थुड़ी-थुड़ी से सनी, वह एक जंगी ड्योढ़ी के सम्मुख नतमुखी खड़ी हुई थी। अबोध सात वर्ष की पुत्री की भर्त्सना, अभी भी उसके कानों में गूँज रही थी—'छिः, मम्मी, तुम गन्दी हो।'

किस भावना से प्रेरित होकर, उसने ऐसा कहा था? क्या अचानक नींद से जगकर उसने रक्त-कुंड में पड़े पिता को देख लिया था, इसलिए? या मम्मी रसोई में स्टोव पर जिस अंकल के लिए चाय बना रही थी, उसने उसे देखकर दोनों हाथों में चेहरा छुपा लिया था, इसलिए उसका आक्रोश जननी पर उतरा था? 'यह कौन है मम्मी?' उसने पूछा था।

'तुम्हारे अंकलजी हैं बेटी!'

'नहीं, ये मेरे अंकलजी नहीं हैं, तुम गन्दी हो ममी!' अबोध बालिका, जैसे न्यायदंड सँभालकर स्वयं न्यायाधीश बन गई थी।

अपनी बच्ची की यही बात बताती, वह अब एकदम ही पैंतरा बदल चुकी थी। सिमटी, गठरी-सी बन, उसने कछुए की-सी गर्दन छिपा ली। मुझे लगा, अपनी जिस उज्ज्वल हँसी से, उसने मुझे पलभर को आश्वस्त किया था, वह मरीचिका-मात्र थी। उससे अब कुछ पूछना व्यर्थ था। स्पष्ट था कि अपने असाध्य नासूर का बार-बार कुरेदा जाना उसे अच्छा नहीं लग रहा था। अदालत की जिरहमुखर वकीलों की दलील, आत्मीय स्वजनों की प्रताड़ना और अखबारों की निर्मम चीरफाड़ उसे निष्प्राण कर गई था। नारी-सुलभ लज्जा, संकोच वह सब जैसे इन ऊँची तंग दीवारों के बाहर ही छोड़ आई थी। क्षण-भर पूर्व की हँसी, जो मेरी लेखनी से हाथ मिलाने चली आई थी, अब उसे अँगूठा दिखा रही थी। एक दमघोंट मनहूस चुप्पी ने पूरा कमरा घेर लिया। न वह ही कुछ कह पा रही थी न मैं ही कुछ पूछ सकी थी, फिर मैंने ही बड़े दुःसाहस से बर्फ़ की सिल्ली पर कुठाराघात किया।

"तुम्हें क्या अब कभी पश्चात्ताप नहीं होता जानकी?"

वह चौंकी, सँपेरे की बीन का आघात खाकर अचल क्रुद्ध पद्मनाग, जैसे

फन पीछे फेंक, पूरी शक्ति से बीन पर चोट करने बढ़ता है वैसे ही उसके नुकीले तेवर की चोट से मैं सहसा तिलमिला उठी। उसकी आँखों में खून उतर आया, हिंस्र दृष्टि चिनगारियाँ छोड़ने लगी।

"किस बात का पश्चात्ताप जी? क्या किया है मैंने?" वह बोली।

मेरे जी में आया उससे पूछ लूँ, 'कुछ नहीं किया है बहन, तो क्या यहाँ गंगा नहाने आई हो?'

पर उसने स्वयं ही अब गर्दन झुका ली थी, बाहर का न्यायाधीश भले ही वहाँ उपस्थित न हो, भीतर का न्यायाधीश तो चुप बैठा सब देख रहा था।

एक पल चुप रहकर, जब उसने अपनी कहानी आरम्भ की, तब मैं एक-एक पल, उसके चेहरे के बदलते गिरगिटी रंग को देखकर स्तब्ध रह गई। कभी वह नवोढ़ा-सी लजाती, कभी क्रोध से थर-थर काँपती, कभी उत्तेजना से दोनों हथेलियाँ मलती, पसीना-पसीना हो जाती, किन्तु एक पल को भी वह चेहरा फ़क नहीं पड़ा, यह मैं बड़े ध्यान से देख रही थी। अनुशासन में सधी जिह्वा, न थकी, न रुकी, न सकुची न काँपी। कहानी के उतार-चढ़ाव में आरोह का स्वर कभी तीखा होकर कान में लगने लगता, बस।

कहानी ऐसी थी कि आज के, खोई हुई कहानी की खोज में भटक रहे गुणी सम्पादक, उसे शायद अनिच्छा से दूर खिसका देते। एकदम सीधा-सा कथानक, जिसे विश्व-प्रकृति का दक्ष कथाकार, कई बार दुहरा चुका है।

पंजाब के एक समृद्ध गाँव के मध्यमवर्गीय परिवार की सुललिता कन्या ही, इस कहानी की नायिका थी। समय से पूर्व ही आकर यौवन उसे सँवार गया था। गोल-गोल चेहरे को सौन्दर्य-दान में विधाता ने उतनी तत्परता नहीं दिखाई थी, पर स्वास्थ्य-दान दिया था अकृपण हस्त से। भरे-भरे हाथ-पैर, नुकीली ठुड्डी, अधरों पर पान खाए की स्वाभाविक लालिमा और मदमस्त शरबती आँखों में अनोखी चितवन। हिसार की भैंस के दुग्धपान एवं पिता के हरे-भरे खेतों की लहलहाती फसल ने उसके गठे शरीर का एक-एक अंग ऐसे इस्पात का बनाकर रख दिया था कि आज भी अपने उसी स्वास्थ्य के मूलधन को सेंतती, वह इन ऊँची दीवारों के भीतर खींच लाई थी। न उन आँखों के नीचे विषाद की कालिमा थी; न होंठों पर पपड़ियाँ।

शान्त, आवेगहीन स्वर में वह फिर मुझे अपनी कहानी सुनाने लगी—गाँव में ही जन्मी, पली और बड़ी हुई, कौमार्य से अनभिज्ञ बनी, कभी कच्ची इमली और कभी खट्टी अमियाँ चाटती, वनमृगी-सी कुलाँचें भर रही थी, कि एक दिन

सुना, उसे देखने आ रहे हैं। साफ़ धुले कपड़े पहनाकर, उसे सँवार दिया गया। देखने आया था पात्र का बड़ा भाई। पिता ने आतिथ्य में कोई भी त्रुटि नहीं रहने दी थी। पहले आई अधसेरी गिलास में मक्खन की गोला डली लस्सी फिर आए घर के खोये के बने पेड़े और अन्त में आई स्वयं नतमुखी कन्या।

रत्नपारखी ने, कन्यारत्न को देखते ही चुन लिया। किन्तु अपने छोटे भाई के लिए नहीं, स्वयं अपने लिए। दुर्भाग्य से वह भी कुँआरा ही था और आजन्म कुँआरा रहने की दर्पपूर्ण मूर्ख घोषणा कर चुका था, किन्तु आज उसने स्वयं ही अपना व्रत भंग कर दिया। एक प्रकार से उसी दिन, उन कैशोर्य-दीप्त आँखों में हिंसा की लपट पलभर को दहक उठी थी। वयस की असमानता भी कभी कैसा विकट रूप धारण कर लेती है! वह भी तब सोलह वर्ष की थी, और जिसने पसन्द किया था वह था अड़तालीस का। किन्तु न उसके पिता को आपत्ति थी न माँ को। उनकी चुलबुली, शोख पुत्री के लिए, उनकी दृष्टि में, उन्हें एक उपयुक्त पात्र जुट गया था और फिर कौन कहेगा कि वह चालीस के ऊपर का है? न तुर्रम मूँछों का एक बाल सफेद था, न कनपटी पर वार्धक्य की ध्वजा। ऊँचा कद, हट्टा-कट्टा, सुदर्शन दामाद, स्वयं भगवान ने छप्पर फाड़कर उनके आँगन में खड़ा कर दिया था, इसी से माता-पिता निहाल थे। किन्तु पुत्री, कटी लता-सी, मूँज की चारपाई पर पड़ी सिसक उठी थी। इस व्यक्ति के पति बनने पर, वह क्या उससे प्यार कर सकेगी? जिसने सगे छोटे भाई के मुख का ग्रास लपककर अपने मुख में धर लिया था, क्या यह सम्भव नहीं था कि कभी वही क्षुधातुर सौन्दर्य-लोलुप कागी, किसी दूसरे की थाली के स्वादिष्ट व्यंजनों पर भी डाका डाल दे? विवाह हुआ, वह ससुराल आई तो देवर को देखकर, वेदना-विधुर चेहरा और भी उतर गया। हाय, कैसा छबीला गबरू जवान था! इधर पति अपनी भोली नवेली के लिए आकाश के चाँद-सितारे तोड़ लाने को व्याकुल हो उठा। कौन-से ऐसे मिष्ठान्न थे जो उसने शहर से ला-लाकर उसे नहीं चखा दिए, किसी भी रेशमी जोड़े के लिए वह मुँह भर खोलती कि प्रौढ़ पति के प्रेम का जादुई अलादीनी चिराग चट से उसके करतल पर धर देता। किन्तु इसी प्रेमकला में पटु प्रणयी पति का एक और रूप भी था। कठोर प्रस्तरहृदय एवं निर्मम! उसकी पत्नी किसी दूसरे पुरुष से, चाहे वह उसी का छोटा भाई क्यों न हो, हँसती-बोलती, तो वह मुँह फुला लेता। कभी देवर-भाभी की निष्कपट ठिठोली भी उसे सिर से पैर तक सुलगा देती। धीरे-धीरे, ईर्ष्यालु पति के शक्की स्वभाव ने प्रेम की जड़ को कुतरना

आरम्भ कर दिया। दिन-रात के कलह ने, गृह को श्रीहीन कर दिया। विवाह के पाँच वर्षों में उसने अपने पति को तीन स्वस्थ सुन्दर सन्तान का पिता भी बना दिया था। कपड़े सीने में, स्वेटर बुनने में, खाना बनाने में वह किसी भी नागरिक को अब सुगमता से पछाड़ सकती थी। सुबह उठते ही, वह पूरे घर को आईने-सा चमकाती, बच्चों को तैयार कर स्कूल भेजती, फिर घड़ी के काँटे के साथ, पति की थाली सजाकर हँसती-हँसती उसके सम्मुख खड़ी हो जाती। किन्तु पति की कठोर दृष्टि से आँखें चार होते ही, उसके होंठों की हँसी सूखकर रह जाती।

"वह क्या कल फिर आया था?" वह गरजकर पूछता और वह निरुत्तर खड़ी रहती।

कैसे कह देती, कि वह नहीं आया था? वह नाहीं कर भी देती तो क्या फिर उसे एक झूठ छिपाने को दस बार झूठ नहीं बोलना पड़ता? घर के नौकर, बच्चे कोई भी उसकी पोल खोल सकते थे।

"मैं तुम्हें लाख बार समझा चुका हूँ कि उस हरामजादे को घर में मत घुसने दो, फिर भी तुम नहीं मानतीं। लगता है तुम्हारे सिर पर मौत नाच रही है।" किन्तु मौत, वास्तव में किसके सिर पर नाच रही थी, यह तब कौन जानता था!

कौन था वह दुःसाहसी, रहस्यमय व्यक्ति? और वह पति-वंचक भला नित्य पति के कठोर आदर्श की अवहेलना कर, क्यों उसे आने देती थी? क्या वह नहीं जानती थी कि क्रोध आने पर उसका पति मानवता के दायरे से बाहर कूद आता है? परसी थाली दूर झनझना, गरज-तरजकर, वह भूखा ही दफ़्तर चला जाता। पास-पड़ोस से ताक-झाँक होने लगती, दीवारों से कान सटाकर प्रतिवेशिनियाँ फुसफुसातीं—आज फिर दोनों भिड़ गए हैं ये—एकांकी आए दिन होता रहता। वैसे भी पति-पत्नी को यदि नित्य ऐसे कलह की लत पड़ गई, तो फिर मुँह से लगी शराब की लत की भाँति छुटाए नहीं छूटती। प्रत्येक कलह की पुनरावृत्ति होती, उसी व्यक्ति की उपस्थिति को लेकर। पति की मारपीट ने उस प्रणयप्रगल्भा को धृष्टा बना दिया था। बिना किसी हिचकिचाहट के ही उसने अब अपनी प्रणय-कथा का प्रथम पृष्ठ खोल दिया।

"पड़ोस में ही रहता था जी। बारहवीं का इम्तिहान दे रहा था। अंग्रेजी में कमजोर था, इनसे अंग्रेजी पढ़ने आया करता था, मुझे बहनजी कहता था और मैं कहती थी—भैया।"

एक पल को वह फिर सकपकाकर चुप हो गई। मैंने उसके झुके-झुके चेहरे पर अपनी आँखें गड़ा दीं। ठीक जैसे कोई सर्जन आपरेशन-थियेटर में लेटे रोगी के रोगग्रस्त अवयव पर तेज़ रोशनी की डोर सरसराकर खींच देता है। और उसी प्रकाश में शरीर में दुबका रोग दस्यु फिर हथियार डाल देता है, वैसी ही मेरी तीखी दृष्टि के नीचे अब तक भोले लग रहे चेहरे की एक-एक भाँज खुल गई। स्वयं ही उस पावन सम्बन्ध का उल्लेख कर उसने अब कहानी की स्वाभाविक गति में अवरोध उत्पन्न कर दिया था। सचमुच ही कभी कैसा जिरहबख्तर-सा बन जाता है यह सम्बन्ध! इस धोखे की टट्टी की आड़ में, चाहे कैसे ही गंगा नहा लो। एक छात्रावास की अनुभवी अध्यक्षा को कभी कहते सुना था, 'अरे पूछो मत इन भाई साहबों की बातें। होस्टल में लड़कियों से मिलने आएँगे भैया बनकर और बाद में बनेंगे सैंयाँ!' मेरी एक सहपाठिनी ने भी हमारे एक प्रोफ़ेसर को राखी बाँधकर भाई साहब बनाया था। प्रत्येक रक्षाबन्धन को, वह जहाँ भी रहते, वह राखी भेजती और भैया भेजते मोटा-सा मनीऑर्डर। बहुत वर्षों पश्चात् एक दिन वह कहीं मिल गई। भाई साहब भी साथ में थे, किन्तु इस बार रिश्ता बदल गया था, साथ में दो-तीन बच्चे उसके भाई साहब से डैडी-डैडी कहते मचल रहे थे।

"ये तुम्हारे बच्चे हैं?" मैंने जान-बूझकर ही अभागी बहन का दिल दुखा दिया था। 'हाँ' कहकर उसने सिर झुका लिया। फिर मैंने कुछ नहीं पूछा।

इस रिश्ते के खतरनाक भाई साहब कभी-कभी अपनी धर्म की बहन को अविवेक की घाटी में खींच ले जाते हैं! पड़ोस का वह किशोर, केवल सोलह वर्ष का था। गोरा रंग। दंड-बैठक लगाने के शौक से, बाँहों में शोख मछलियाँ असमय ही उभर आई थीं। उस पर वयः सन्धिकाल की सांघातिक अवस्था में इस प्रवीणा से परिचय हो गया। मसें अभी ठीक से भीगी भी नहीं थीं कि इस मुँहबोली बहन ने राखी बाँध दी। रात-भर शक्की पति, उसकी चमड़ी उधेड़कर रख देता, पर उसके दफ़्तर जाते ही मुग्धा नायिका, दूसरे हँसमुख चेहरे को देखते ही सब व्यथा बिसरकर रह जाती। अपने एकान्त शयनकक्ष में ही उसने उसके पढ़ने की व्यवस्था कर दी थी। वह पढ़ने बैठता, तो वह गर्म-गर्भ चाय बनाकर धर जाती। कब उस ममतामयी बहन का वात्सल्य उत्कट्-उन्माद करवट ले बैठा, वह स्वयं ही नहीं जान पाया।

किताबों का गट्ठर लेकर वह पढ़ने आता और बहुत कुछ पढ़कर घर लौटता। एक दिन शक्की पति अकारण ही बिना किसी पूर्वसूचना के घर लौट

आया तो देखा, उसके नवीन साले साहब पठन-पाठन में जुटे हैं और उनकी बहनजी, चाय का प्याला लिए ठुमकती चली आ रही हैं। एक तो वह ऐसा व्यक्ति था कि रक्त-मांस का रिश्ता भी होता, तब भी शायद उसे क्षमा नहीं करता, पर यह तो गजब की सीनाजोरी थी। दोनों को उसने चीर-फाड़कर रख दिया—"खबरदार छोकरे, आज से मैंने तुझे कभी यहाँ देखा तो गोली से उड़ा दूँगा।"

किन्तु उसकी क्रुद्ध गर्जना, निरीह मेघ की गर्जना-मात्र ही बनकर रह गई, कभी बरस नहीं पाई। उन दोनों के मिलने को वह रोक नहीं सका। एक दिन दोनों ने निश्चय किया, जैसे भी हो, प्रेममार्ग की इस कठोर शिला को प्रेम के डायनामाइट से उड़ाना ही पड़ेगा। फिर वह मशीन में सान देकर गँडासा ले आया, यही नहीं 'क्षुर्या सिधारा' पर उस दर्पित वीर किशोर ने 'घाव' कर भी देखा। प्रेयसी के सम्मुख, उसने गँडासा अपने पहुँचे पर धरा, तो खून छलछला उठा। धरते ही जब गँडासे का यह कमाल था, तब झटके से मारे जाने पर क्या गज़ब ढाएगा!

"मैंने उसे अँधेरे गोदाम में छिपा दिया जी," वह कहने लगी, "रात ही को उन्हें खत्म करने की बात थी, पर न जाने उन्हें उस दिन क्या हो गया था। बार-बार उठकर बैठ जाते, और कहने लगते—'अरी उठ तो, आज न जाने कैसी तबीयत घबड़ा रही है, नींद नहीं आ रही है, लगता है, कहीं कोई घात लगाए छिपा बैठा है।'

कौन कहता है कि मृत्यु चेतावनी नहीं देती! मुझे तो सदा यही लगता है कि प्रत्येक जानेवाले को, वह किसी न किसी रूप में आकर अपनी एक झलक दिखा ही जाती है। " 'कैसी बातें करते हो जी,' वह फिर कहने लगी, " दरवाज़ा तो खुद बन्द कर आए हो, दो बार उठकर पूरे घर की खानातलाशी ले आए हो, अब कौन छप्पर फाड़कर आ गया है।'

" उस रात को न वह खुद सोए न मुझे सोने दिया। सुबह उठे तो खा-पीकर दफ़्तर चले गए। पहली तारीख थी, तनख्वाह भी लेनी थी। क्या पता इसी तनख्वाह के मोह ने अभागे को एक दिन और जीने की मोहलत दे दी हो।"

"तो गोदाम में वह क्या रात-भर भूखा-प्यासा ही बैठा रहा?" मैंने पूछा।

"नहीं जी," मेरे धृष्ट प्रश्न ने उसे इस बार चिढ़ा दिया। मनचाहा नेग न मिलने पर बौखला गए किसी षण्ढ की ही भाँति वह विवसना बन उठी, "मैं

उसे खाना खिला आई थी, रात को बच्चों को दूध के गिलास दिए तो उसे भी दे आई। वह अँधेरे कमरे में घबराने लगा था तो मैं उसे दिलासा दे आई।"—कैसा दिलासा दिया था, यह पूछने को मैं व्याकुल हो उठी, किन्तु क्षण-भर पूर्व गठरी बनी, सकुची-सिमटी सर्पिणी अब कुंडली खोलकर लम्बी हो गई थी, उसकी लपलपाती चिरी जिह्वा को मैं छूती भी किस दुस्साहस से!

"उस दिन, वह बड़ी देर से लौटे तो खूब पिए हुए थे," वह कहने लगी, "जब भी तनख्वाह मिलती, वह बच्चों के लिए खूब टॉफी, बिस्कुट के डिब्बे लाते थे, उस दिन भी साइकिल की टोकरी भरी थी।"

"ओह!" मैंने अपने प्रश्न की कोरैमिन की एक सुई और लगा दी, "तब तो अपने बच्चों से वह बहुत प्यार करता होगा?"

"हाँ जी, कौन बाप भला अपने बच्चों से प्यार नहीं करता? प्यार तो वह मुझे भी बहुत करते थे।" मैं स्तब्ध थी, आज तक मानस की जिन पंक्तियों का मैं कभी मन से समर्थन नहीं कर पाई थी आज उन्हीं पंक्तियों का गूढ़ कटु सत्य मेरी कनपटी पर घन की-सी चोट करने लगा।

विधिहु न नारि हृदय गति जानी
सकल कपट अघ अवगुन खानी।

नारी थी, इसीलिए शायद दूसरी नारी के कलंक की लज्जा, पल-भर को स्वयं मेरी लज्जा बन मुझे रसातल को खींच ले गई।

"उस दिन गोश्त लाए थे जी।" ताली बजाता क्लीव अब शरीर का अन्तिम पट भी भूमि पर डाल, जैसे नेग न मिलने का असन्तोष दिखा रहा था, "मुझे गुस्सा आ गया, कहने लगे थे गोश्त बना। रात के नौ बज रहे थे, कब मसाले पिसेंगे, कब हँडिया चढ़ेगी और कब पकेगी, मैंने कहा, 'जी, खाना बन गया है, कल बना दूँगी। बच्चे तो सो भी गए हैं।' वह फिर अड़ गए। बोले, 'आज पकेगा!' मैं कहती, 'कल!' वह कहते 'आज!' और फिर इसी कल-आज की चिनगारी ने पूरे गृह को भस्म कर दिया। गोश्त बना, उन्होंने खूब खाया, पर मैं मारे गुस्से के ठीक से खा भी नहीं पाई। रोते-रोते फिर ऐसी नींद आई कि आँखें ही नहीं खुलीं। अचानक उन्होंने मुझे झकझोरकर उठा दिया। 'क्या है?' मैंने झुंझलाकर पूछा। 'यहाँ आओ,' उन्होंने कड़ककर कहा। मैं चुपचाप उठकर चली गई, न जाती तो मारपीट करते, बच्चे जाग जाते, रोना-धोना, गाली-गलौज—यह सब आधी रात तक चलता। जब वह सो गए तब मैं फिर अपने पलँग पर आ गई। एक बार जी में आया, गोदाम में जाकर

देख आऊँ। पर हिम्मत नहीं हुई। क्या पता, खटके से वह जग जाएँ। अभी कच्ची नींद में थे, थोड़ी देर बाद जाऊँगी।" वह फिर चुप हो गई। उस प्रगाढ़ क्षण की चुप्पी स्थायी बनती जा रही थी, इधर मुझे लग रहा था, जैसे पुलिस-अधिकारियों के सम्मुख उस हत्याकांड का बीभत्स नाटक एक बार फिर खेला जा रहा है, और मैं भी मूक दर्शकों की पंक्ति में बैठी हूँ। एक पलँग पर सोया है निश्चिन्त गृहस्वामी। चेहरे पर पहली तारीख को वेतन मिलने का सन्तोष है, सोने से पहले पेट भर मन-चाहा भोजन किया है, रूठी पत्नी को मना भी लिया है, इसी से होंठों की तृप्ति, पान की लालिमा के साथ छलकती, चिबुक तक बह आई है। पार्श्व में पत्नी का पलँग है, दोनों के बीच प्रेमसेतु बना स्वस्थ-सुन्दर शिशु पुत्र सो रहा है। तीसरे पलँग पर सोई हैं दो पुत्रियाँ। बड़ी बिटिया बाप की मुँहलगी दुलारी है, पर छोटी से भी वह कम लाड़ नहीं लड़ाता। दोनों के सिरहाने उसने टाफी का ठोंगा यत्न से छिपाकर रख दिया है, जिससे जागते ही दोनों देख लें। पर स्नेही पिता की अन्तिम भेंट क्या वे अभागी तनुजाद्वय ग्रहण कर पाईं? उस भयावह हत्याकांड का एकमात्र साक्षी था, सुप्त परिवार के सिर के ऊपर फर-फर कर घूम रहा बिजली का पंखा। जब पूरा घर सन्धिपत्र पर हस्ताक्षर हो गए युद्ध क्षेत्र की ही भाँति शान्त था, तब ही न जाने कब मृत्यु दबे पैरों सरकती भीतर चली आई। "मुझे गहरी नींद आई हुई थी जी। एक तो पिछली रात को सो नहीं पाई थी। फिर बड़ी देर तक रोती रही थी। अचानक मुझे लगा कोई मेरे सिरहाने खड़ा है। 'अरे तुम यहाँ कैसे चले आए?' मैं हड़बड़ाकर उठ बैठी...गोदाम से निकलकर वह सचमुच ही मेरे कमरे में आ गया था–'जाओ, जाओ, भागो जल्दी।' मैंने फुसफुसाकर कहा, 'कहीं जग गया तो हम दोनों को यहीं खत्म कर देगा...'

" 'वह है ही कहाँ!' उसने हँसकर कहा तो मेरे हाथ-पैर ठंडे पड़ गए। 'हे भगवान, हे भगवान!' कहती मैं थरथर काँपने लगी। सचमुच ही तो वह नहीं था। जिधर देखती, उधर ही खून। खून का एक कुंड नीचे बना था और उधर फौव्वारे की-सी खून की फुहारों ने छत पर लगे पंखे को भी रँग दिया था। मुझे लगा जी, कि उनकी गर्दन ऐंठकर ऊपर को उठ रही है। मैं चादर फेंककर बाहर भागी तो वह भी मेरे पीछे-पीछे आ गया।

" मैंने कहा, 'हाय! यह तुमने क्या कर दिया...अब क्या होगा।'

" वह बोला, 'क्यों घबराती हो? जो होगा उसे साथ-साथ भुगत लेंगे... पर देखो, तुम जल्दी-जल्दी खून साफ करो और एक बड़ा-सा बक्सा निकाल

लो...' 'क्यों?' मैंने पूछा, 'सामने मालगाड़ी खड़ी है, हमेशा डेढ़-दो घंटे खड़ी रहती है, लाश को ट्रंक में बन्द कर उसी में छोड़ आएँगे...' उसने कहा तो मैं रोने लगी, 'नहीं-नहीं, मुझसे यह नहीं होगा...' 'सुनो,' वह कहने लगा, 'रोने-धोने में लगोगी तो रात बीत जाएगी। तुम अपने दुपट्टे से पोंछा लगाओ और सीधा-सीधा लगाना, समझीं? मैं नहाकर आता हूँ, पर बड़ी ठंड लग रही है मुझे...' हमारे गुसलखाने में, एक बम्बे में गर्म और एक में ठंडा पानी आता था। मैंने कहा, 'तुम गर्म पानी से नहा लो, मैं चाय बनाती हूँ।' "

बगल के कमरे में पति की लाश अभी ठंडी भी नहीं हुई थी, धड़ से विलग ग्रीवा के स्पन्दन ने अभी-अभी दम तोड़ा था और वह स्टोव पर चाय चढ़ा रही थी। खून के टुकड़े, जिबह बकरे की कलेजी के-से थक्के बनकर फर्श पर जम गए थे, उसने चटपट उन्हें दुपट्टा गीला कर रगड़ दिया—पति का वही रक्त, जिसके बने उसके तीनों बच्चे अभी उसी कमरे में गहरी नींद में डूबे पड़े थे। वह नहा-धोकर आया तो उसने पति के कपड़े निकालकर थमा दिए। एक अण्डरवियर पहनकर ही उस दूरदर्शी किशोर ने हत्या की थी, जिससे रक्त के छींटों से भरी हुई उसकी कमीज़ कहीं उसी के विरुद्ध गवाही न दे बैठे, किन्तु फिर भी नये-नये गवाह पूरे कमरे में फैल गए थे—छत पर, दीवार पर, पंखे पर। कहाँ-कहाँ तक हत्या के चिह्न मिटा सकते थे वे। ट्रंक में बन्द कर, मालगाड़ी की शवयात्रा सम्पन्न हो जाती तब भी रक्तबीज के रक्त की एक-एक बूँद की भाँति, वे रक्त-बिन्दु शत-शत रक्तबीजों की सृष्टि कर पाते थे। चाय उबल ही रही थी कि बड़ी लड़की जागकर आ गई। "ममी, ममी, डैडी ने क्या आज भी तुम्हारी बिन्दी की शीशी फोड़ दी?" कहती क्या है लड़की! कहाँ बचा रह गया था लहू का दाग! वह तो पूरा कमरा पोंछ आई थी। कमरे की बत्ती बुझी थी किन्तु किचन के अस्पष्ट आलोक में ही उसने सबकुछ देख लिया। "यह कौन है ममी?"

मुँह ढाँपकर स्टूल पर बैठे उस व्यक्ति को उसने नहीं पहचाना पर उस प्रखर बुद्धि बालिका ने, पिता के कपडे पहचान लिए थे जो उस अजनबी के शरीर पर कागभगोड़े के अल्लम-खल्लम वस्त्रों से झूल रहे थे।

"तुम्हारे अंकल जी हैं बेटी," माँ ने कहा।

"नहीं, मेरे अंकल नहीं हैं," उसने कहा, "तुम गन्दी हो ममी!"

एक-एक कर फिर तीनों बच्चे जगे, उन्हें डाँट-डपटकर दूसरे कमरे में सुला दिया गया। दोनों मुंड फिर मंत्रणा में जुट गए।

"तुम चले जाओ, मैं भुगत लूँगी!" वह ढाल बनकर प्रेमी को ढक लेना चाह रही थी।

"नहीं, मैं यहीं रहूँगा..." उसने कहा। पर फिर वह मान गया, जाने लगा तो पति की साइकिल, ट्रांजिस्टर, घड़ी, टैरेलीन की शर्ट सब उसे थमा दी।

"तुम इन्हें लेकर फौरन शहर से बाहर चले जाओ..." उसने कहा। विपत्ति के ऐसे क्षणों में भी वह क्या अपने मृत पति की वसीयत करने लगी थी?

"तुमने ट्रांजिस्टर, कमीज, यह सब उसे क्यों दे डालीं?" मैं अपना अविवेकी प्रश्न पूछ ही बैठी।

"खबर पाते ही मेरे देवर-जेठ जुट आएँगे और फिर सब चीजें इधर-उधर निकल जाएँगी जी, इसी से उसे दी थीं!" उसने बड़े भोलेपन से कहा तो मैं एक बार फिर चकरघिन्नी खा गई एक ओर को ढह गई। एक ओर वह घाघ युवती, मँजी अपराधिनी की भाँति एक निर्मम हत्या की कुटिल योजना बना सकती थी दूसरी ओर वही, अपने हृदय की एक से एक गोपनीय फाइल किस भोलेपन से मुझे थमाती चली जा रही थी। इस दुमुखे व्यक्तित्व का कौन-सा मुख असली था और कौन-सा नकली?

वह चला गया—पर जाने से पूर्व उसे खूब सिखा-पढ़ा गया, 'देखो, सब दरवाज़े खोल देना। रोज़ के वक़्त उठना, न आगे न पीछे। फिर एक चीख मारकर बेहोश हो जाना, रोना नहीं समझीं, लोग आएँ तो उन्हें यही लगे कि अनजान हत्यारा आकर हत्या कर गया है।'

किन्तु एक बहुत पुरानी कहावत है कि खून स्वयं बोलता है। उसका अभिनय अपूर्व था, चीखने में, बेहोश होने में, विलाप करने में, कहीं भी उससे चूक नहीं हुई थी, फिर भी तीसरे दिन उसने जघन्य अपराध स्वयं ही उगल दिया। हथकड़ी-बेड़ियों में कसा उसका प्रेमी उसके सम्मुख खड़ा किया गया। "मैं अपनी रुलाई नहीं रोक पाई जी," उसने कहा। और न जाने कब की पढ़ी पंक्तियों का कोई मेरे कानों में सस्वर पाठ-सा करने लगा :

तिरिया जल महँ आग अगावे,
तिरिया सूखे नाव चलावे।

परलोक की हथकड़ी-बेड़ियों में कसे पति को देखकर भी जिसकी आँखें गीली नहीं हुई थीं उसी की आँखें आज इहलोक की हथकड़ी-बेड़ियों में कसे प्रेमी को देखकर बरस पड़ीं।

"उसने मुझे दिलासा दिया जी, कहने लगा, 'रोती क्यों हो, तुम्हारे दुखों

का तो मैंने अन्त कर दिया।' '' किन्तु क्या सचमुच ही उसके दुखों का अन्त कर सका वह? आज एक शहर के उदार आकाश के नीचे दोनों बन्दी हैं, पर एक-दूसरे से इतनी दूर कि एक का करुण तप्त निःश्वास, दूसरे का स्पर्श भी नहीं कर पाता। ऊँची दीवारों में बन्द उस बन्दिनी को विस्मृत जीवन की स्मृतियाँ क्या कभी विह्वल नहीं कर देती होंगी! कभी देखती होंगी, पिता की लहलहाती फसल की बालों के साथ वह झूमती फिर रही है—बेपरवाह मनुआ को न चाह है न चिन्ता। फिर उसका रिश्ता पक्का करने उसके जेठ आ रहे हैं। कितनी रातें, अनजाने, अनचीन्हे प्रियतम की मादक कल्पना में डूबती-उतराती काट लेती है और कोई फिर छाती पर घूँसा-सा मार जाता है। रिश्ता पक्का हो तो गया किन्तु छोटे से नहीं, बड़े से। ससुराल आई, तो तीसरे ही दिन चरित्रहीन पति का निर्लज्ज प्रणय-नाटक देखकर सहम गई। उसे देखकर खिसियायी हँसी हँस, उस दूर के रिश्ते की जिठानी ने बेहया कैफियत देने की धृष्टता भी की थी। 'अरी नई बहू, हमें एकसाथ देखकर घबड़ा क्यों गई? इनसे तो मेरा ठिठोली का रिश्ता बहुत पहले का है, तब तू शायद पैदा भी नहीं हुई होगी।'

हाड़-मांस जलकर भस्म हो गए थे उसके। पर कहती क्या? वह नई-नवेली जो थी।

दोनों के बीच मनोमालिन्य की दीवार की विधि ने यह पहली ईंट धरी थी। अपनी भाभी से तो उसका ठिठोली का ऐसा अभूतपूर्व रिश्ता था किन्तु उसे क्या किसी देवर की भाभी बनने का अधिकार नहीं था? जहाँ वह अपने किसी देवर से हंसती-बोलती, यह खड़े-खड़े उसे चीरकर रख देता। किन्तु नई रेशमी साड़ी चर्र से चरक जाए, तो बुद्धिमती गृहिणी की प्रशंसा इसी में है कि वह सूई-धागा ले, चट बैठकर उसे सी ले। ऐसे ही उसके सद्यःविवाहित जीवन का रेशमी चीर देखते ही देखते पैबन्दों से भर गया। ईश्वर ने उसे तीन फूल-से बच्चे भी दिए और बेटा ऐसा था कि देख लो तो भूख भाग जाए। "उस दिन मेरे और अपने बाप के बीच सोया था जी," वह कहने लगी, "खुली हथेली ऊपर को थी, बाप के खून से भर गई।" मेरा सर्वांग सिहर उठा किन्तु मैंने देखा, कहनेवाली के निर्विकार चेहरे पर एक शिकन भी नहीं उभरी थी। वह इस बनावटी गाम्भीर्य के मुखौटे को कितने ही यत्न से क्यों न लगाए, क्या कभी उस खून से छलछलाती नन्ही हथेली की स्मृति, उसका गला नहीं घोंट देती होगी? वे रूखी, ममताहीन आँखें, भले ही सूखी रहें क्या उसका

सुप्तमातृत्व कभी बुक्का फाड़कर नहीं रो उठता होगा?

कारागार के घंटे की, दमाके की-सी हृदयहीन गूँज, बैशाखी की उस दारुण-दहन वेला में, उसकी काल-कोठरी में कितनी भयावह गूँज से गूँजती होगी! पत्थर की शरशय्या की निद्राहीन रातें क्या उसे उसके उस शयन-कक्ष की ओर नहीं खींचती होंगी, जहाँ पलँग पर गुदगुदा बिछौना था, फर-फर करता बिजली का पंखा और थे बुलबुल-से चहकते तीन बच्चे। पति क्रोधी भी था तो वह चेष्टा करने पर भी बिना गँडासे के भी उसे साध सकती थी। नरभक्षी वन-राज को क्या सर्कस के रिंगमास्टर का धैर्य पालतू नहीं बना लेता? गृहस्थी का सुख-दुख, धूप-छाँह, सिसकियाँ, खिलखिलाहट, भला किस गृहिणी के जीवन में नहीं हैं? इसी में तो गृहस्थी का सुख है। एक समृद्ध गृहिणी मेरी परिचिता है। स्टील की आल्मारियाँ रेशमी साड़ियों से पटी पड़ी हैं किन्तु 'तृष्णा न जरायते,' इसी से नित्य नवीन साड़ियाँ खरीदने कभी जाती हैं लखनऊ, कभी बनारस और कभी मद्रास। एक से एक नई गढ़न के गहने गढ़वाती रहती हैं; बटुआ सदा नई ब्याही बकरी के बँधे पुष्ट थनों-सा लटका रहता है। वातानुकूलित गृह है, इम्पाला गाड़ी है, बच्चे हैं, फिर भी भीरु मन का एक कोना है अकेला, अन्धकारमय। पति को पीने-पिलाने से फुर्सत नहीं मिलती, कंचन है इसी से कामिनी का भी अभाव नहीं है, घर की रानी के लिए समय नहीं निकाल पाते हैं। कभी बेचारी गले के हार के भार से झुकी गर्दन और कभी झुके रुँआसे स्वर में कहती है, "बहन, इस ज़िन्दगी से मौत भली," पर तीसरे ही दिन पति मोटा चैक थमाकर कहते हैं, "जाओ अपने लिए कुछ साड़ियाँ खरीद लाओ।"

यह आयकर से बचने की अनोखी सूझ थी, या कर्त्तव्यपरायण पति का प्रेम! पर वह अपना सबकुछ भूल-भालकर, कार भगाती फिर साड़ियाँ खरीदने लगती। यह दुख-सुख भला किसके जीवन में नहीं है? इस ऐन्द्रजालिक संसार के रंगमंच को, कभी कैसे-कैसे अभिनयपटु पात्र रंगीन बना देते हैं।

नारी के कितने रूप दिखा देता है विधाता। कोई दयामयी, वात्सल्य की साकार मूर्ति, और कोई उन्मत्त-उग्र वज्र भैरवी!

वह सहसा हाथ जोड़कर उठने लगी तो मैंने जान-बूझकर ही पूछ लिया, "रामायण पढ़ती हो न?" मैं जानती थी कि कारागार में बन्दिनियों को रामायण देने की सुव्यवस्था रहती है।

"जी, पढ़ती हूँ।" उसने आँखें झुका लीं।

मैंने एक अनोखी तृप्ति का अनुभव किया। एक न एक दिन तो उस चौपाई को उसके पश्चात्ताप का अश्रुजल रिक्त कर ही देगा :

पतिवंचक परपति रति करई,
रौरव नरक कल्प शत परई।

"मैं जाऊँ जी?" उसने फिर विनम्र स्वर में अपना प्रश्न दुहराया—मैंने गर्दन हिलाकर हँसने की चेष्टा की, किन्तु तप्त धरणी पर पड़े जल-बिन्दु की ही भाँति मेरी हँसी सूखे होंठों पर फिसलते ही सूख गई! वह चली गई तो मैं सोचने लगी, इस सारिका के पिंजड़े से भी एक और कठोर पिंजड़े में जो अठारह वर्ष का यौवन शुक बन्दी है, वह क्या अब सींखचों को छंचु-आघात से टक-टक बजाता, अपने कर्मों को रोता होगा या प्रकृति नटी ने अब उस मिट्ठू को यही मीठी वाणी रटा दी होगी :

सुन्दरी तैं सूली भली
बिरला बचेई कोय।
लोह निहाला अगिनि में
जलि बलि कोयला होय...।

साधो, ई मुर्दन कै गाँव

मुर्दों के इस ग्राम से जब मेरा पहला परिचय हुआ, तब मैं बहुत छोटी थी, इसी से मेरे अबोध चित्त के कच्चे सीमेंट पर, उसकी स्मृति किसी शिलान्यास की लिपि की ही भाँति, आज भी अमिट अक्षरों में ज्यों की त्यों खुदी है।

मेरे पिता उन दिनों ओरछा महाराज के गृह-सचिव थे एवं उन्होंने राज्य के कारागार की व्यवस्था में अनेक दुस्साहसी परिवर्तन किए थे। उन्हीं के प्रयत्नों के फलस्वरूप पहली बार टीकमगढ़ जेल के प्राणदंड पाए बन्दियों के पैरों की बेड़ियाँ काट दी गई थीं। उन दिनों उस कारागार का एक ऐसा ही बन्दी हमारे घर पर भी बागवानी करने आया करता था। वर्षों से पैरों में पड़ी बेड़ियों को दोनों हाथों से थाम वह अठारह वर्षों से एक-एक इंच कदम रखता चला आया था, इसी से बन्धन कट जाने पर अब भी स्वाभाविक कदम नहीं रख पाता था। टखनियों के पास, दो गहरे घाव नासूर बन गए थे। "तुमने क्या किया था बंसी?" मैंने एक दिन उससे पूछा तो भयावह मूँछों को बड़े गर्व से ऐंठकर उसने कहा था, "अपने साहब की गर्दन गँडासे से काटी थी बिन्नू!"

"क्यों?" मैंने पूछा तो वह निरुत्तर खड़ा रह गया था। बेचारा उत्तर दे भी देता तो क्या समझने की मेरी उम्र थी? बंसी ने अपने फिरंगी प्रभु की नृशंस हत्या की थी, फिर भी फाँसी के फंदे से बचकर निकल गया था, सचमुच ही एक आश्चर्यजनक घटना थी, किन्तु जिस क्रोध के क्षणिक आवेश में उसने यह जघन्य अपराध किया था, उसी ने स्वयं उसकी पैरवी भी कर दी थी। साहब का अपराध भी तो उसी की टक्कर का था! अपने भूखे खानसामे के मुख-ग्रास को उससे छीनकर अपने मुख में धर लिया था। वह तो नटिनी की-सी फुर्ती से उसकी बहू छिटककर भाग गई थी, नहीं तो उस कुल्टा का मुण्डहीन धड़ भी, साहब ही के साथ, वहीं लोटता। प्राणदंड न देकर, इसी से

न्यायप्रिय न्यायाधीश ने उसे दिया था आजन्म कारावास। उन दिनों मुर्दों के उस गाँव का वही मुखिया था। एक बार उस गाँव की पूरी बस्ती को एक बड़ी-सी ट्रक में भर कुंडेश्वर महादेव के दर्शन को लाया गया, यह भी मेरे पिता के दुस्साहसी प्रयोगों में से एक था। बिछुड़े उन्मुक्त आकाश से उनका वह अद्भुत प्रथम मिलन, मैं अपनी छत पर खड़ी होकर देखती रही थी। जब उन्हें एक बड़े हंडे में भरकर गर्म जलेबियाँ दी गईं तब उनके अभिशप्त कंठों से निकले जयघोष ने हमारे कान के पर्दे फाड़कर रख दिए थे। वर्षों पश्चात् मुझे एक बार फिर उस उजड़े गाँव को बहुत निकट से देखने का सौभाग्य प्राप्त हुआ था। इस बार मेरे भाई ओरछा महाराज के निजी सचिव नियुक्त हुए थे। रियायती बन्दीगृह के अधीक्षक अब भी वही पुराने जेलर साहब थे। एक दिन मिलने आए तो मैंने ज़िद की कि मैं भी उनके साथ जेल देखने चलूँगी। मेरा धृष्ट प्रस्ताव सुनते ही पहले तो वह भड़क गए थे, “नहीं, नहीं, वह भी भला कोई देखने की चीज है? भले घर की बहू-बेटियाँ वहाँ कैसे जा सकती हैं?” पर मैं भी अड़ गई थी, जैसे भी हो हमें जेल दिखानी होगी। साथ में थीं, नई-नई ब्याहकर आई भाभी। घर से तो हम बड़े उत्साह से चली थीं, किन्तु गगनचुम्बी दीवारें देखीं तो सहम गईं। मेहराबदार जंगी ड्योढ़ी पर सुस्पष्ट लिपि में बिना किसी शब्दाडम्बर के ही उस भयावह आगार महत्ता ‘जेल’ लिखे केवल दो अक्षरों में ही स्पष्ट कर दी गई थी। आज के कारागार देखती हूँ तो उसकी तुलना में कैसे अपूर्व लग उठते हैं। कारागार ही नहीं, कारागार के अध्यक्ष, कर्मचारी, सन्तरी, यहाँ तक कि स्वयं बन्दीगण भी जैसे समय के साथ-साथ एकदम बदल गए हैं। ओरछा के जेलर का व्यक्तित्व भी कारागार के दुर्धर्ष परिवेश के चौखटे में एकदम ठीक बैठता था। तंग खाकी जोधपुरी, हाथ में हन्टर और ऐंठी-तनीं पुष्ट काली मूँछें। पता नहीं अब वह कहाँ हैं, किन्तु जहाँ भी वह रहें, मुझे लगता है, उनकी मूँछें अब भी उतनी ही रोबदार, उतनी ही घनी और उतनी ही काली होंगी! देवताओं के कंठ में पड़ी पुष्पमालाओं की भाँति वे कभी कुम्हला नहीं सकतीं। उन अनुशासनप्रिय, कठोर अधिकारी का रोब सचमुच दर्शनीय था। गरजते तो लगता किसी ने कोरे लट्ठे का थान फाड़ दिया है, कोई बन्दी यदि बगावत का सामान्य आभास भी देता तो उसे वहीं चुटकी से मसलकर रख देते। घूम-घूमकर उन्होंने हमें वह कमरा दिखाया था, जहाँ कैदी एकसाथ बैठकर समवेत रामायण पाठ करते थे, फिर वह कोठरी जहाँ बन्दीगृह के पटु लोहार स्वयं अपने ही हाथों से अपने आभूषण

गढ़ते थे, कई जोड़ी हथकड़ी-बेड़ियों के भारी-भारी छल्ले उठाकर उन्होंने हमें दिखाए, फिर अपराधी हाथों से बनी कलात्मक दरी-प्रदर्शनी से हमें फुसलाने की भी चेष्टा की थी, किन्तु मैं समझ गई कि वह जान-बूझकर ही हमें बन्दियों से बिना मिलाए बाहर लिए जा रहे हैं। बन्दियों में उन दिनों मध्यप्रदेश का कुख्यात डाकू देशपत भी था। उसके दस्यु-जीवन की लोमहर्षक कथाएँ उसके जीवनकाल में ही दन्तकथाओं की लोकप्रियता प्राप्त कर चुकी थीं। कब उसने किस ग्राम को लूट लिया, कब ललितपुर के किस सेठ की सम्पत्ति को पलक झपकते ही लूट, दतिया के किस ग्राम की निर्धन अनाथ कन्या के विवाह में लुटा दिया आदि-आदि...।

"अच्छा, चलो, तुम्हें देशपत से मिला दें!" उन्होंने कहा तो मुझे मन-ही-मन घबराहट-सी होने लगी थी।

तब सचमुच ही क्या मैं देशपत को देख सकूँगी? वही देशपत, जिसके औदार्य, शौर्य और पराक्रम के आल्हा बुन्देलखण्ड के गाँव-गाँव में गाए जाने लगे थे। किन्तु जब देशपत हाथ बाँधे मेरे सामने आकर खड़ा हो गया तब जैसे विश्वास ही नहीं हुआ कि वह देशपत है। छरहरा शरीर, अधपके बाल और झुर्रियों से भरा गेहूँ-गोरा चेहरा। झील-सी शान्त आँखों के नीचे क्या सचमुच ही जानलेवा गहराई छिपी होगी? जिस कारागार के भीतर, बाहर की चिरैया भी भूले-भटके ही आ पाती थी, वहीं हम दोनों को देखकर उसके चेहरे पर कौतूहल की एक भी रेखा नहीं उभरी। हाथ जोड़कर वह ऐसी करुण नम्रता से झुककर खड़ा हो गया कि मेरा जी भर आया। ऐसा पराक्रमी दस्यु वीर आज कैसा दीन-हीन, याचक बनकर रह गया था। काम के बीच ही उसकी पुकार हुई थी, इसी से वह कर्मठ मुखिया अधैर्य से पूछने लगा, "मैं अब चलूँ सरकार? खाने का घंटा बजनेवाला है।"

देशपत की देखरेख में ही बन्दियों का खाना बनता है। ''क्यों आज क्या बना है तुम्हारे अटोल में?" जेलर ने पूछा।

वह हँसा। सामने के दो टूटे दाँतों से छलकती कर्णचुम्बी हास्योज्ज्वल स्निग्धता उसके पूरे चेहरे को भिगो गई, "और क्या बनेगा सरकार, वही चने की दाल और रोटी बनी है।"

"जाओ साफ तश्तरी में धरकर ले आओ तो। क्यों बिटिया, इनसे मिलने को तो तुम तरस ही रही थीं, देखूँ, इनका खाना भी तुम्हें तरसा सकता है या नहीं—चखोगी?" मैंने गर्दन हिला दी थी और पल-भर में करतल पर ही तश्तरी

साधे, देशपत दो मोटी स्वस्थ रोटियाँ और सकोरे में चने की दाल लेकर आ गया। यही नहीं, उतनी ही देर में वह दयालु मेजबान चटपट तवे पर ही टमाटर भूँज चटनी भी बना लाया था। मैं खड़ी-खड़ी खा रही थी और बिना मेरे आह्वान की प्रतीक्षा किए, कई जोड़ी बन्दी आँखें मुझे आश्चर्य से देख रही थीं। आज भी मैं उस बुन्देलखंडी ढाल-सी चौड़ी कठोर रोटी और मुक्ता-सी अलग-अलग छितरी चने की दाल, चटनी के स्वाद को नहीं भूल सकी हूँ। खाकर मैंने अपनी एक और बचकानी फरमाइश से जेलर साहब को चौंका दिया था, "मैं फाँसी के कैदियों को देखे बिना घर नहीं जाऊँगी।"

"नहीं, नहीं, वहाँ नहीं ले जा सकता तुम्हें...खूनी को फाँसी की सज़ा जंगली ढोर बना देती है, चलो घर पहुँचा दूँ। माँजी सुनेंगी तो बिगड़ेंगी।" वह हमें एक प्रकार से खदेड़ते बाहर लिए जा रहे थे, पर मेरी जिद ने अन्त में उन्हें झुका ही दिया। वह बड़ी ही अनिच्छा से हमें एक लम्बा-चौड़ा दालान पार करा, जेल के दूसरे छोर पर ले गए। झुकी नीची छतों के उन कमरों को देखकर मैं खड़ी ही रह गई थी। ओफ, ऐसे कमरों में भी क्या कोई ज़िन्दा रह सकता है? केवल दो ही बन्दी थे वहाँ, किसी भी भोर के धुँधलके में, जेलर के हिलते रूमाल की झंडी का संकेत पाते ही उनके जीवन की गाड़ी इहलोक के स्टेशन को छोड़ देगी। जल्लाद का एक सधा झटका रीढ़ की हड्डी को झुनझुने-सा। हिलाकर निर्जीव देह को लटकती छोड़ देगा! ओफ, ठीक ही कहा था उन्होंने। भयावह रूप से बढ़ी दाढ़ी हिलाते वे दोनों बन्द सींखचों की टेक लेकर खड़े हो गए थे, और इससे पहले कि ईसुरी की उस फाग की दूसरी पंक्ति हमें डँसती, जेलर बड़े कौशल से हमें बाहर खींच ले गए थे, फिर चलते-चलते उन्होंने कारागार की एकमात्र बन्दिनी पतिहन्ता मालिन से भी हमें मिला दिया था। उसे दूसरे ही महीने फाँसी मिलनेवाली थी। जेलर ने बार-बार कहा कि भले घर की बहू-बेटियाँ उसे देखने आई हैं, वह घूँघट हटाकर उन्हें अपना चेहरा दिखा दे, किन्तु उस हठीली अवगुण्ठनवती ने पूरे चेहरे को घूँघट से ऐसे लपेट लिया जैसे बुर्का हो! हमने और जिद की तो वह वहीं पर, फाँसी का फन्दा गले में पड़ने से पूर्व, अपने घूँघट के फन्दे से ही अपने प्राण ले लेगी, स्वयं मृत्युदाता जल्लाद ही अब उसका चेहरा देखेगा और कोई नहीं—यही सब बड़बड़ाती धरती में धँसी जा रही है, यह देख हम उठ गई थीं।

इतने वर्षों पश्चात् जब फिर इधर मुझे अचानक ही एक कारागार को देखने का निमन्त्रण मिला, तब मैं बड़े ही उत्साह से घर से चली थी। किन्तु

वहाँ पहुँचकर भी क्या वह उत्साह टिक पाया? पतिहन्ता, पुत्रवधूहन्ता, भ्रूणहन्ता, डकैत, ठगिनी, कुटिनी सब ही चरित्र तो वहाँ थे, किन्तु कहाँ थी वह अट्ठाईस वर्ष पूर्व की अवगुण्ठनवती मालिन, जिसने हमारे लाख कहने पर भी अपने कलंकित चेहरे से घूँघट की यवनिका नहीं उठाई थी? 'हाय, ऐसा चेहरा क्या भले घर की बहू-बेटियों को दिखाकर अपना परलोक भी बिगाड़ लूँ सरकार?' ऐसा ही कुछ कहा था उसने।

किन्तु आज? कारागार के इस नवीन रंगमंच पर कैबरे नर्तकियों की-सी ही निर्लज्ज उदासीनता से एक के बाद एक कितनी ही बन्दिनियाँ मेरे सम्मुख स्ट्रिपटीज करती चली आई थीं। न उनके आत्मनिवेदन में पश्चात्ताप था, न संकोच। मेरी लेखनी ही कई बार सहमकर थर्रा गई, किन्तु उनकी चपला जिह्वा नहीं थर्राई। अदालती जिरह, हवालात का सान्निध्य और दीवानजी की निर्ममता ने उन्हें मुखरा बना दिया था। किसी नाटक का पूर्वाभ्यास कर रही पात्राओं की ही भाँति वे मुझे अपना-अपना पार्ट सुनाती चली गई थीं। एक जानकी की ही नहीं, और भी कई जानकियों की आत्मकथा सुन, मन न जाने कैसा हो उठा था। जी में आया, चुपचाप उठकर बाहर निकल जाऊँ, किन्तु इसी बीच वार्डन आकर दूसरे रोचक एकांकी की घोषणा कर गई। रंगमंच पर अब एक सर्वथा नवीन ठप्पे की नटी अवतरित हुई। लम्बोतरा साँवला चेहरा, शरीर के अनुपात में बहुत लम्बे-लम्बे लग रहे हाथ-पैर और तिर्यक् दृष्टि। एक पल को लगा, जैसे मैंने इसे कहीं देखा है, फिर पहेली समझ में आ गई। देखा अवश्य था, किन्तु जीवन रूप में नहीं, कैसा आश्चर्यजनक साम्य था! कुछ ही दिनों पूर्व किसी चित्रवीथिका में यही तो देखा था! बी. प्रभा ने क्या इसी कारागार से मॉडल चयन किया था? चेहरे पर वैसी ही मासूमियत थी और कपोलों के उठान में भी वही चिकना चमत्कार! किन्तु जब वह एकदम पास आकर बैठ गई, तब मैंने फिर उसे देखा। नहीं, यह तो चेहरा नहीं है। पाल में पके इस पपीते का डाल पर पके उस पपीते से कोई साम्य नहीं था। उस चित्र की स्वाभाविक मिठास के सम्मुख उसकी नकली पीताभ परिपक्वता में धरती-आकाश का अन्तर था। उसकी कहानी भी अत्यन्त विचित्र थी। वह एक ऐसे डकैत की प्रियतमा थी जिसके आतंक ने सैकड़ों गाँवों को थर्रा दिया था। न जाने कितने डाके डालता वह निर्भीक साँड-सा ही इधर-उधर घूमता रहता, किन्तु एक दिन पकड़ा गया, और अब दिल्ली के कारागार में, लम्बी सज़ा भुगत रहा था। उसकी पत्नी थी उससे बहुत दूर, एक दूसरे कारागार में।

दो महीने बाद वह छूट जाएगी। छूटकर वह क्या करेगी, इसके लए सम्भवतः उसे सोचना नहीं पड़ेगा। एक सौ बीस तोला सोना उसके बैंक के खाते में जमा है, कानून उसका यह सुवर्णकोष रिक्त नहीं कर पाया था, क्योंकि उसने कह दिया था कि यह उसकी ससुराल और मायके का चढ़ावा है। पति डाके डालकर आता तो जंगल में मंगल हो जाता। दस्युदल का कोई शूरवीर था उसका मुँहबोला देवर, कोई जेठ और कोई भानजा-भतीजा। इसी से जब भी दस्युदल सफल अभियान के पश्चात् आता तो कोई भाभी के गले में लूट का हार झुला देता और कोई पहना देता मोती का तोड़ा। एक बड़े-से कड़ाह में, फिर सोने के उन आभूषणों को खौलाकर, खोए-सा घोंट दिया जाता। गलाई गई उस सुवर्णराशि से फिर नवीन आभूषणों की सृष्टि होती। इस प्रकार वह दस्युदल की पटरानी नित्य नवीन आभूषणों से जगमगाती रहती। वयस की असमानता यहाँ भी थी। जान-बूझकर पिता ने पुत्री को अपने मित्र की पत्नी बनाकर विदा किया था। वह जानता था कि पुत्री राजरानी ही बनकर राज नहीं करेगी, एक न एक दिन उसकी छलकती वैभव-सरिता का प्रवाह पितृ-गृहोदधि में एकाकार होने, उसी ओर प्रवाहित हो उठेगा। संसारार्णवतारिणी लक्ष्मी कभी-कभी कैसी हृदयहीन और निष्ठुर बन सकती है, यह वह नहीं जानता था। लक्ष्मी ने उसकी पुत्री को सिर से पैर तक सोने से मढ़ अवश्य दिया, किन्तु फिर उन्हीं हाथों ने एक दिन उसे कारागार की ओर ढकेल भी दिया।

पति अपने जानलेवा दौरों से लौटता, तो मानसिक तनाव से छुटकारा पाने, पत्नी को ले न जाने कहाँ-कहाँ घूमने निकल जाता। नई चमचमाती कार किसी अँधेरी गली में उनकी प्रतीक्षा कर रही होती। नई साड़ी और नये आभूषणों की छटा विकीर्ण करती वह वनलक्ष्मी अपने दस्यु प्रियतम की वामांगी बनी हवा में कार भगा देती। कभी जाते बरेली, कभी लखनऊ और कभी कानपुर।

"तुम्हें क्या कभी यह नहीं लगा कि तुम्हारा पति डाका डाल किसी की नृशंस हत्या कर ही तुम्हारे लिए साड़ी-गहने जुटा सका है?" मैंने पूछा।

"क्यों?" बड़ी अवज्ञा से मुझे देखकर उसने आँखें फेर लीं, "मुझे क्या पता था कि वह डाका डालते हैं, हत्या करते हैं।" कैसा भोला उत्तर था, किन्तु झूठी कैफियत देने में उस षट्कोणी चेहरे का मुखौटा पहली बार पूरी तरह नीचे खिसक गया। वह बीच-बीच में स्वयं चुप हो जा रही थी। जानकी एक बार कहानी सुनाने लगती तो कभी-कभार ही रुकती थी, किन्तु यह नई-नई पकड़ी

गई नागिन की भाँति बार-बार अपनी पिटारी की कुंडली में सिर छिपा लेती। कोंच-कोंचकर ही मुझे उकसाना पड़ रहा था।

"पर तुम यहाँ किस अपराध की सज़ा भुगत रही हो?" मैंने पूछा।

"जी, चार सौ ग्यारह की। मेरे पति सात डकैतियों और कत्ल की सज़ा भुगत रहे हैं।" वह अभी भी मेरी ओर नहीं देख रही थी, पर फिर मैंने बड़े छल-बल से उसकी पूरी कहानी उससे उगलवा ली। एक बार जब उसका पति अपने हरिकेनी दौरे से लौटा तब वह बुरी तरह ऊबी-थकी टूट-सी गई थी। उस अरण्य में ऐसे प्रियतम की प्रतीक्षा, जो लगभग उसी के पिता का समवयसी था, उसके धैर्य की कठोर अग्नि-परीक्षा थी। दिन-रात, सुरंग-सी अंधी गहन वनवीथियों में वह अपना सुहाग हथेली पर धरे बैठी रहती। एक सामान्य-सा विचलित पत्र भी उसे सहमा देता। क्या पता दस्युदल के किसी विभीषण ने उसकी लंका ढहा दी हो! कब कौन सदस्य पुलिसदल से जाकर साँठ-गाँठ कर ले, क्या ठिकाना! उस बार तो वह धैर्य ही खो बैठी थी। हो सकता था, सरकारी खजाना लूटने में स्वयं लुट गया हो, या बैंक के किसी खजांची को गोली से उड़ाने से पूर्व, स्वयं उसकी गोली से उड़ गया हो! पर वह एक दिन सकुशल लौट आया। मानिनी का मान भंग करने में उसे इस बार विशेष प्रयत्न नहीं करना पड़ा। गन्दे फटे चिथड़े में बँधी पोटली खुली, तो जगमगाते रत्नों की दमक से उसकी आँखें चौंधिया गईं। क्या दमकता पीला सोना था और जड़ाऊ हार की कैसी अनोखी गठन! किन्तु प्रिया के कंठ में वह हार पहनाने में उसकी अँगुलियाँ काँपी अवश्य होंगी। उस नृशंस हत्याकांड के स्मृति आलोड़न ने उसके हृत्पिंड को हिला ही दिया होगा, एक गर्दन की शोभा बढ़ाने के लिए उसे एकसाथ कितनी गर्दनें साफ़ करनी पड़ी थीं! फिर भी उस परिवार के गृहस्वामी की गर्दन बच गई थी। "सुनो," उसने पत्नी से कहा था, "इसे आज भले ही पहन लो, पर जहाँ से यह मिला है, वह इसे सहज में नहीं छोड़ेगा। कल ही इसे गलवाना होगा।"

"नहीं, नहीं, मैं इसे नहीं तुड़वाने दूँगी—अपनी साड़ी में लुका-छिपाकर ब्लाउज के नीचे डाल दूँगी, फिर कौन देखेगा भला?"

किन्तु संसार की कौन नारी भला अपने नवीन कंठहार की शोभा, साड़ी के नीचे छिपा सकती है? जब तक किसी दूसरे के मुँह से, आभूषण की प्रशंसा में 'वाह' न सुन ले, जब तक किसी सखी, ननद, देवरानी, जिठानी की आभूषण-लोलुप दृष्टि लार न टपका दे, पहननेवाली को भला कभी सन्तोष हो

सकता है? "बरेली से रात का सेकेंड-शो देखकर हम लौट रहे थे।" वह उदास स्वर में कहने लगी तो मेरी कल्पना ने कैमरा साध लिया। नई साड़ी, सस्ते इतर की खुशबू, चमकीला बटुआ, साँवले अधरों पर मीठे खुशबूदार पान की लालिमा और आँखों में सेकेंड शो की खुमारी। मदालस पति को सद्योदृष्ट फिल्मी कैबरे नर्तकी के घातक नृत्य ने, आसव की एक और घूँट पिला दी थी, उसी चलचित्र के खलनायक की भाँति उसने कार पूरी स्पीड में भगा दी। अचानक उसे लगा, कोई उसका पीछा कर रहा है।

"लगता है, पुलिस की गाड़ी हमारा पीछा कर रही है," वह बुरी तरह घबरा गया, और गाड़ी टेढ़ी-मेढ़ी होकर इधर-उधर जाने लगी। अब तो जुलाहे का गुस्सा दाढ़ी पर उतरा, "मैंने तुमसे कितनी बार कहा था, इस हार को मत पहनो। तुड़वा देती तो आज यह सब नहीं होता। बीसियों चन्द्रहार बन जाते, पर औरतजात हो न!" ठीक ही कह रहा था वह—'काल कनक अरु कामिनी परि हर इनको संग' काश, उसने इस सीख का स्मरण पहले किया होता! दस्युप्रिया ने हार खोलकर बटुए में डाल दिया, फिर दूसरी गाड़ी और नजदीक आई, तो उसने पेटीकोट के नेफे में खोंस लिया। किन्तु पकड़े जाने पर वह पुलिस की घाघ दृष्टि को छल नहीं सकी। पहचाननेवाले ने अपना गहना पहचान लिया और इस बार सचमुच ही उस गहने ने पहननेवाली की गर्दन तोड़कर रख दी। मैं जिस दिन उससे मिलने गई, मेज पर उसके पति के लिखे दो कार्ड धरे थे। मेरी दृष्टि स्वयं ही उन पर फिसल गई। 'किस्सा तोतामैना' की भाषा में लिखे गए कुछ अंश पढ़कर ही मैंने आँखें फेर लीं। वह अब अपने लम्बे-लम्बे हाथों को अभिवादन की मुद्रा में बाँधती उठ गई थी।

चलने लगी तो मैंने पूछ दिया, "अब तो तुम शीघ्र ही छूट जाओगी, फिर क्या करोगी?"

उसने पहले मुझे बड़ी सन्दिग्ध दृष्टि से देखा, जैसे मैं उसकी तलाशी लेने वाले कठोर दरोगा की ही छोटी बहन हूँ। फिर वह दृढ़ स्वर में अपनी घोषणा करती चली गई—"मास्टरनी बनूँगी, 'होम' में जाकर ट्रेनिंग लूँगी, आठवीं पास कर चुकी हूँ।"

किन्तु, मास्टरनी बनने पर भी वह क्या अपने अरण्य के उस राजसिंहासन की स्मृति को मिटा पाएगी, जहाँ एक भीम कड़ाह में बीसियों आभूषणों का दलिया पकता था, जहाँ बड़े-बड़े हंडों में मदमस्त मसालों में पक रहे गोश्त की सुगन्ध से दिशाएँ महकती थीं, जहाँ घूमने को चमचमाती मोटर थी, रुपयों से

भरा बटुआ था और कंठ में था बहुमूल्य रत्नजड़ित चन्द्रहार।

"अब उससे भी मिलेंगी क्या?" अधीक्षिका ने पूछा तो मैं एक बार फिर चौंक गई। क्या ये दोनों अपने पूर्वकृत पाप कर्मों का किया भोग रही थीं, या इहलोक के कर्मों का? दोष इनका था, या परिस्थितियों का? "तो बुलवा लूँ उसे?" अधीक्षिका ने फिर पूछा।

"जी हाँ, बुलवा लीजिए।" मैंने कुछ बेमन से ही कहा किन्तु आज सोचती हूँ, मैंने अच्छा ही किया। कड़वी औषधि खाने के पश्चात् मीठा बताशा भला किसे अच्छा नहीं लगता? अब तक जैसे मैं साँस रोके किसी प्रख्यात सर्कस के कलाकारों का दुस्साहसी ट्रैपीज प्रदर्शन देख रही थी, गगनचुम्बी हिंडोलों में क्षीण रस्सियों के सहारे झूलते ये नर-नारी, कैसे हवा में मौत की छलाँगें भरते एक-दूसरे का हाथ पकड़ते चले जा रहे थे। अब, मेरे धड़कते कलेजे की धड़कन सँभालने चला आ रहा था बौना जोकर। एकदम वैसा ही वज्रमूर्ख चेहरा, भावनाहीन आँखें और अधरों पर निरर्थक हँसी।

"इनसे मिलिए!" डॉक्टरनी ने हँसकर कहा। "कल छूटकर घर जा रही हैं।... सुनो जी मग्गी, तुम्हारे आदमी की चिट्ठी आई है कि तुम्हारे आने की उसे एक ही घबराहट हो रही है..."

"क्या मेम साहब?" वह घबराकर बेंच से उठ गई।

उसका घबराना स्वाभाविक भी था, क्या पता चौदह ससुरालों की भाँति, उसके अतीत का कलंक, उसे इस प्राणाधिका पन्द्रहवीं ससुराल से भी झाड़ मारकर बाहर खदेड़ दे? यही डॉक्टरनी हँसकर कहने लगी, ''तुम पहुँची तो इस बार शायद उसके घर की एक ईंट भी नहीं बच पाएगी।"

"नहीं सरकार,'' उसने अपने लम्बकर्णद्वय खींचकर और भी लम्बे कर लिए, "अब मैं नहीं खाऊँगी।"

मैं जैसे आकाश से गिरी। कहती क्या है यह! क्या यह सचमुच ही घर की ईंट खाती होगी? मेरी दुविधा शायद डॉक्टरनी ने समझ ली थी, वह हँसकर कहने लगीं, "एकदम धरती की बेटी है यह। मिट्टी के नाम पर सकोरा, दीया, ईंट, गमले सब तो इसके पेट में जा चुके हैं।" लजाकर गमला-भक्षिणी ने अपनी मोटी काली गर्दन झुका ली।

मैंने उसे सिर से पैर तक देखा। गमला खा-खाकर उसका शरीर भी जैसे गमले ही के आकार का बन गया था। पिटे लोहे का-सा चेहरा, ऊँची बँधी धोती, शरीर से अटी-सटी कुर्ती, वह भी ऐसी तनी कि लगता था एक छींक

आते ही बटन तड़ातड़ टूटते चले जाएँगे। ध्यान से देखने पर कोई भी नारी उसकी अस्वाभाविकता को जूँ-सा पकड़ सकती थी। न जाने कहाँ कुछ चूक रह गई थी विधाता से। चेहरे में, आँखों में; चलने, उठने-बैठने में; निरन्तर मंजीरे से बजाए जा रहे घुटनों की गतिविधि में कहीं कुछ हम सबसे निश्चय ही भिन्न था। नारी के स्वाभाविक मापदण्ड में ठीक न बैठने पर भी, वह सम्पूर्ण रूप से नारी थी। इस विपन्न निर्वासन में भी, पति की स्मृति उसे बार-बार विभोर कर रही थी, जब-जब उसकी मिट्टी खाने की कुटेब का उल्लेख किया जाता, वह सिर झुका लेती, किन्तु उसके लजाने में अभिनय का पुट नहीं था। किसी नारी की इस विशुद्ध नारी-सुलभ व्रीड़ा को, कोई नारी ही करपृष्ठ पर मले विशुद्ध घृत की भाँति अपनी सूक्ष्म घ्राण-शक्ति से चट पहचान सकती है। मैंने भी भूल नहीं की। किन्तु, एक स्वाभाविक अबला जीवन की, कैसी अस्वाभाविक कहानी थी। पन्द्रह वर्ष की ही थी कि क्रूर ग्रहों ने जकड़ लिया। सगे जीजा के कुटिल चक्र ने ही, इस कोमल किशोरी को हवा में विवशता से उड़ रही कागज की फिरकी-सा ही घुमा दिया। वह देखने में थी एकदम स्याह, किन्तु अपने जीवन के पन्द्रह वसन्तों का प्रवेश-पत्र दिखाती, यौवन के भर-मधुमास में वह कोकिला, अम्बुवा की डार-डार पर कुहुकने लगी—एक-एक कर चौदह आम्रकुंज उसकी मीठी कुहुक से गूँज उठे। धीरे-धीरे सरल चेहरे पर कुटिलता का अंगराग बिखर गया, भोली आँखों में कंजर-कन्दा की चतुर चितवन का आँजन अँज गया, उठने-बैठने में पहले की झिझक नहीं रही, अधर से लगे कर-सम्पुट, घाट-घाट के भरे पानी से छलक उठे। जीजा का प्रशिक्षण सम्पूर्ण रूप से सफल रहा था। किसी विवाह के लिए मचल रहे प्रौढ़ चिरकुमार विधुर या पत्नी परित्यक्त पति को जीजा ढूँढ़ लाता, साली को दिखाकर वह विवाह का प्रस्ताव ही नहीं रखता, 'चट मँगनी पट ब्याह' भी रचा देता। फिर विदा के उन क्षणों को वह लाड़ली, सहोदरा और स्नेही भगिनी-पति की देहरी छोड़ने में अपने विलाप से धन्य कर देती। बिस्मिल्ला की शहनाई का-सा वह करुण स्वर, नये दामाद की आँखें गीली कर देता। चेहरा स्याह था तो क्या हुआ, शरीर का तो एक-एक अंग सवा सवा लाख का था। प्रत्येक कृष्णवर्ण नवयौवना की भाँति, उसकी दशन-द्युति दर्शनीय थी। नये पति का विश्वास, वह अपने स्वस्थ यौवन का ब्रह्मास्त्र छोड़ते ही, प्राप्त कर लेती। कहाँ क्या धरा है, जानने में फिर उसे विलम्ब नहीं होता। मरी सौत के अंकना, कंकना या सास की जीर्ण पोटली में छिपी सम्पत्ति, कृपण वृद्ध

पति की चूल्हे के नीचे गाड़ी गई धनराशि ले वह एक दिन सहसा चम्पत हो जाती। लाख ढूँढ़ने पर भी फिर न जीजा मिलता, न साली। मिलती भी कैसे? इस बार वह एक दूसरे ही शहर में, अवगुंठनवती नवोढ़ा बनी रोती-कलपती विदा हो रही होती। ऐसे ही वह विलाप करती, विदा होती और हँसती-खिलखिलाती, सोने-चाँदी से मढ़ी लौट आती। जीवन के बीस वर्षों में ही वह, पूरे चौदह गृहों की परिक्रमा कर आई थी। भारत की वह सम्भवतः प्रथम नववधू थी जिसका कभी द्विरागमन नहीं हुआ, किन्तु एक दिन इसी चिर-स्वयंवरा ने जीजा की निर्लज्ज ठगी प्रथा का स्वयं ही उन्मूलन कर दिया। चौदह विवाहों के अनुभव ने उसे वात्स्यानन के एक-एक सूत्र थमा दिए थे। चौदहवाँ पति था बूढ़ा जर्जर, किन्तु अपनी दीर्घ अनुभवी दृष्टि से, उसने अपनी नवेली को चार ही दिन में परख लिया। घाट-घाट का पानी पीकर, वह अब उसका अँगूठा पकड़ने आई थी। इधर वह भी समझ गई थी कि मुख में एक दाँत न होने पर भी बूढ़े के पेट में बत्तीसी है। एक दिन, जो भी हाथ लगा वही लेकर उड़नछू हो गई। जीजा ने, फिर पन्द्रहवीं बार कन्यादान करने में विलम्ब नहीं किया, पर इस बार बहता पानी बँध गया, रमता जोगी चिमटा गाड़कर जम गया, पन्द्रहवें पति से प्रेम करने की मूर्खता कर बैठी मग्गी। मुझे सहसा माम की कहानी 'राउण्ड डजन' का स्मरण हो आया, अन्तर केवल सामान्य था, वहाँ नायक ठग था, यहाँ नायिका।

मग्गी का पन्द्रहवाँ प्रियतम लोहार था। गर्म तपे पर जब वह अपने लोहे-सी ही प्रलम्ब-भुजंग भुजाओं का प्रहार करता तो मग्गी उसे मुग्ध होकर एकटक देखती रहती। कभी जी में आता उसके पैरों पर सिर रखकर सबकुछ उसे बता दे—कैसे उसके जीवन के वयःसन्धिकाल में स्वयं उसका रक्षक जीजा ही उसका भक्षक बन गया था। उस अनाथा किशोरी को सगी बहन ने ही तो पतन के अन्धे कुएँ में धक्का देकर गिरा दिया था! पर कहीं सबकुछ सुनकर इस पति ने उसे क्षमा नहीं किया तब? अब तक तो उसके इस स्वामी के लाड़-दुलार का अन्त नहीं था, ऐसे दुलार से परसी गई थाली को क्या वह स्वयं अपनी मूर्खता से लात मारकर ठुकरा दे?

पुरुष तो अपनी पत्नी के एक ही प्रेमी का अस्तित्व नहीं सह सकता, फिर वह तो पूरे पन्द्रह पाण्डवों की पांचाली थी। उसके सीमान्त में तो पन्द्रह हाथों का भरा सिन्दूर था। उसका यह अटल अहिवात ही उसके जीवन का अभिशाप बनकर रह गया। पति ही नहीं उसकी सास भी उस मातृहीना के जीवन में,

साक्षात् जननी बनकर अवतरित हुई थी। ऐसी स्वस्थ हँसमुख बहू, जो उसे जमीन पर पाँव भी नहीं धरने देती थी, उसे बड़े भाग्य से मिली थी। जब देखो, वह किसी न किसी काम में जुटी रहती। कभी सास के सिर में तेल ठोकती, कभी पैर के तलवे सहलाती, कभी उसके पलित केश उठा-उठाकर काल्पनिक जुओं का संहार करने लगती।

उसे बचपन से ही मिट्टी खाने की कुटेव थी, आज तक सबने उसकी इस बचकानी आदत का मज़ाक ही उड़ाया था, किन्तु सास ने देखा तो चट से टूटे सकोरे-दीये लाकर रख दिए, "ले, खा बहू!" बड़े लाड़ से उसने कहा था। यही नहीं, पास-पड़ोस में कहती फिरी थी, "कोई सिरचढ़ी चटोरी बहू होती तो कलाकन्द-बरफी माँगती, बेचारी ने माँगी भी क्या? मिट्टी..."

किन्तु मग्गी के भाग में विधाता ने सुख नहीं लिखा था। उधर जीजा पानी से निकली मछली-सा तड़पने लगा, क्या हो गया इस बार? कहीं किसी लोभी ने उसके सोने का अंडा देनेवाली बत्तख को बीच में ही चुरा तो नहीं लिया? देख-सुनकर ही तो उसने साली को ऐसे घर भेजा था, जहाँ मोतियाबिन्द से धुँधली आँखों को छलने में उसे इतना विलम्ब नहीं होना चाहिए था। एक-एक कर जब छह महीने बीत गए तक उसका माथा ठनका। एक दिन वह चेहरा-मोहरा यथासाध्य बदलकर अपने चौदहवें हमजुल्फ का भेद लेने पहुँच गया। भेद लेने में तो वो स्कॉटलैंड यार्ड के जासूसों को भी मात दे सकता था, पर बूढ़ा भी तो पूरा घुटा उस्ताद था, उसकी पीठ में भी आँखें थीं। एक तो घुटे ठग को दूसरे ठग ने छला था, उस पर दाँत से पकड़-पकड़कर सेंती सम्पत्ति चुरा, उसे वह छोकरी मिट्टी में मिला गई थी। छले जाने का घाव अब रिस-रिसकर, नासूर बन चुका था। लुक-छिपकर भेद लेने आए शत्रु को, उसने लपककर अपने खेमे में खींच लिया।

फिर चला साली-जीजा पर वह सनसनीखेज मुकदमा। चार-सौ-बीसी के अपराध में दोनों को लोह-कपाटों में मूँद दिया गया, किन्तु साली को सज़ा अपेक्षाकृत कम मिली। जिस दिन मैं गई उसके दूसरे ही दिन मग्गी का मुक्तिपर्व था, इसी से काले चेहरे पर खुशी के लड्डू फूट रहे थे।

''जेल से छूटने पर भी क्या इसे अपने पति और सास का प्रेम पूर्ववत् मिल पाएगा? अब तो वह इसकी कहानी सुन चुके होंगे।'' मैंने दबे स्वर में अधीक्षिका से पूछा।

"अजी इसकी सास इसे अब भी उतना ही प्यार करती है—क्यों, है न

मग्गी?" उन्होंने हँसकर उससे पूछा। मुझे लगा, अपने सरल, निर्दोष स्वभाव के कारण मग्गी अपनी सास का ही नहीं, जेल-अधिकारियों का भी हृदय जीत चुकी है।

"अरी, बोलती क्यों नहीं?" उन्होंने फिर गुदगुदाया।

नतमुखी मग्गी के चेहरे पर, उदरस्थ किए पुहुप-शोभा-मण्डित असंख्य गमलों की सुगन्ध बिखर गई। लजाकर उसने अपना, वाजिद अलीशाह का-सा चौकोर चेहरा और झुका लिया।

"जब भी इसकी सास इससे मिलने आती है,'' अधीक्षिका कहने लगी, "कभी भी इसके लिए दीये-सकोरे लाना नहीं भूलती।"

मग्गी ने अब लजाकर पूरा आँचल मुँह में ठूँस लिया था "अब मैं कभी नहीं खाऊँगी साब! कभी नहीं," उसकी मीठी हँसी तिमिर के पत्र-सम्पुट से बहते किसी पहाड़ी निर्झर के स्रोत-सी छलकती मुझे रससिक्त कर गई।

मेरे जी में आया, इस निभृत कारागार से विदा लेने से पूर्व उस आनन्दमयी युवती के कान के पास मुख सटाकर कह दूँ, 'खूब गमले खाती रहो मग्गी! क्या पता कठोर धरित्री की सौंधी सुगन्ध के प्रति तुम्हारा यह मोह ही, तुम्हें विषम परिस्थितियों के बीच भी खिलखिलाना सिखा गया हो। ईश्वर करे तुम्हारी सास, तुम्हारे चने-चबैने के लिए, इसी प्रेम से नित्य दीये-सकोरे जुटाती रहे, तुम्हारे काले नटवर-नागर के गर्म लोहा पीठते, काले भुजदंड, मृत्युपर्यन्त तुम्हारी काली आँखों की मुग्ध चावनी बँधाते रहें और तुम्हारी पन्द्रहवीं ससुराल का यह द्विरागमन, सम्पूर्ण रूप से सफल बन उठे—आमीन!'

अलख माई

कारागार के भीम कपाटों में मुँदी इन अभिशप्त बन्दिनियों से विदा लेने लगती हूँ तो दो चेहरे सहसा मेरी स्मृति को झकझोर उठते हैं—क्यों, क्या हमारी कहानी नहीं लिखोगी? इनसे मिलने से बहुत पहले तो तुम हमीं से मिली थीं जी! दोनों जैसे मेरे सम्मुख हँसती खड़ी हो जाती हैं, हाथ का सुदीर्घ चीमटा खनखनाती प्रौढ़ा वैष्णवी और बूटे-से कद की, नगजड़ी बुलाक के लोलक के साथ-साथ अपनी जीर्ण खंजरी हिलाती रजुला। ठीक ही तो कह रही थीं वे, चलते-चलते अतीत के अंतराल से पल-भर को झाँक गए उन चेहरों को न आँक लूँगी, तो स्वयं भी मुझे यही लगेगा कि पीछे कुछ छूट गया है। न उनके पैरों में बेड़ियाँ थीं, न चारों ओर घिरी कारागार की प्राचीरें। पैरों तले था, दुरूह पगडंडियों का बिखरा वैभव, और सिर के ऊपर था उदार नीलाकाश। जहाँ चाहें, आँकी-बाँकी घूमती, सिर पर अपने पाप की गठरी साधे-साधे, घुसकर ओझल हो जाएँ! न फिर उन्हें पुलिस का भय, न ग्राम के चतुर पटवारी का! यही किया था वैष्णवी ने। बद्री-केदार, हरिद्वार, लछमन झूला सब जगह हाँक लगाती घूमती, 'अलख माई भिच्छा दे, आज से तीस वर्ष पूर्व की भिच्छा देने वाली माई अत्याधुनिक माई से कहीं अधिक उदार थी, कहीं अधिक धर्मभीरु! कुमाऊँ के कौन-से गृहस्थ की ऐसी देहरी थी, जहाँ से ली रुद्राक्ष की असंख्य मालाएँ हिलाती कनफड़ा माई हाथ का खप्पर रिक्त ही लिए लौट सकती थी? प्रत्येक शनि और मंगल को दो नेपाली वैष्णवियाँ न जाने कितने वर्षों तक नित्य हमारे द्वार पर भी, ऐसी ही सुपरिचित हाँक लगातीं, "अलख माई, भिच्छा दे!" और नित्य बड़े काँसे के कटोरे में भरी खिचड़ी-आटा पाकर, आशीर्वाद देती घर को जातीं। उस सरल आशीर्वाद की मौलिक मिठास भी तो अनोखी ही रहती। "राजरानी बनो लली, पीठ-पीछे भाई लाना, एक नहीं, दो नहीं, सात-

सात भाई!"

परिवार-नियोजन के इस युग में, वैष्णवी के इस आशीर्वाद की कोई भी महत्ता नहीं रह जाती, किन्तु फिर भी द्वार पर खड़े किसी भिक्षुक पर फटकार पड़ते सुनती हूँ, "क्यों जी भीख माँगते शर्म नहीं आती! हट्टे-कट्टे तो हो। नौकरी क्यों नहीं करते? जाओ, भाग जाओ, भीख-वीख कुछ नहीं मिलेगी यहाँ!" मेरे कानों में उस काँपते कंठ का वात्सल्य-पगा मीठा स्वर गूँजने लगता है, "राजरानी बनो लली, पीठ-पीछे भाई लाना, एक नहीं, दो नहीं, सात-सात भाई!"

एक दिन, अचानक ही एक सर्वथा नवीन कंठस्वर के आह्वान से चौंककर मैंने सिर उठाया, तो देखा, एक ही वैष्णवी, हाथ में बहुत लम्बा-सा चीमटा और कन्धे पर नन्ही-नन्ही हाथ की सिलाई से गुँथी, गैरिक थैली लटकाए खड़ी है। एक पल को तो मैं उसके निर्विकार मर्दाने चेहरे को देखती ही रही थी। कठोर मुख-मुद्रा, और इससे भी कठोर कंठस्वर, "अलखनिरंजन! माई आज यहीं भोजन पाएगा—" उसके व्यक्तित्व के लिए पुल्लिंग का प्रयोग ही उपयुक्त लगता था। एकदम सपाट चौड़ा सीना, बेहद लम्बा कद, चौकोर काठी, छोटे-छोटे छँटे केश, ऊपर से सीधी और नीचे आकर अचानक फैल गई नासिका के उदार नथुने जैसे हर पल सद्यः दागी गई दुनाली बन्दूक की ही भाँति गर्म धुआँ छोड़ते जा रहे थे।

"सुन लिया बेटी? जा, भीतर खबर कर दो, माई आज यहीं भोजन पाएगा, यही गुरु महाराज का इच्छा हुआ है आज!" सचमुच ही बैठकर, माई ने चीमटा गाड़, कन्धे का गैरिक झोला उतार दिया।

उस आदेश को सुनकर मैं सकपका गई। खाना तो हम खा चुके थे, दादाजी के साथ हम तीनों भाई-बहन अकेले ही रहते। महाराज खाना खाकर चले गए थे, अब अचानक आ टपकी, इस रोबदार वैष्णवी के लिए खाना कौन बनाएगा?

"माई, तुम बैठो। खाना तो हम खा चुके हैं। मैं अपनी बहन से कहती हूँ, तुम्हारी भिक्षा निकाल देंगी।" मैंने बड़ी नम्रता से कहा।

"नहीं!" माई ने रोष से अपना गड़ा चीमटा उखाड़कर, दो-तीन बार धरा पर पटका, "माई भोजन पाएगा। जा, छिलुका लकड़ी, कड़ाही, तेल, बेसन, दही, मिर्च सब ले आ। माई कढ़ी-भात खाएगा, जा।"

मुझे उसकी प्रगल्भ धृष्टता पर क्रोध भी आ रहा था, पर न जाने उस

चेहरे में कैसा रोब था कि मैं सहमकर, अपनी बड़ी बहन को बुला लाई। हमारे आने तक वह चीमटा गाड़कर, अपनी तूबे-सी मोटी टाँगें फैलाकर बड़े आराम से लेटी थी।

"आओ बेटी, ले आई?" हमें देखकर वह अखरोट-वृक्ष के तने की टेक लगाकर बैठ गई। पूरी रसद, बर्तन, लकड़ी आदि लेकर हमने उसके सामने रख दीं। थोड़ी देर में उस फुर्तीली वैष्णवी ने दो पत्थरों का चूल्हा बना, आग जलाकर कढ़ी चढ़ा दी और चावल बीनती-बीनती हमारी ओर मुड़ गई।

"अलख गुरु! कुछ पूछना है तो पूछ ले बेटी, माई बार-बार तेरे द्वार पर नहीं आएगा, आज तो गुरु ने भेज दिया, माई चला आया।"

पहले हमारी समझ में नहीं आया, पर फिर उसने थाली के चावलों से कुछ दाने चट से मुट्ठी में भर लिए और आँखें बन्द कर, होंठों ही होंठों में कुछ बुदबुदाने लगी। एक अज्ञात भय से सिहरकर हम उसे देखती रह गईं, तब यह क्या कोई तांत्रिक त्रिकालदर्शी दैवज्ञमार्तण्ड गुरु की भैरवी थी?

"बोल, क्या पूछना है? शादी, ब्याह?" उसकी आरक्त आँखें, अब कपाल पर चढ़ी जा रही थीं।

"मैं तो शादी कभी करूँगी ही नहीं, पूछूँ क्या माई?" मेरी बड़ी बहन ने हँसकर कहा। कई जगह के रिश्ते वे स्वेच्छा से लौटा चुकी थीं, और हमारे परिवार ने उनके कौमार्य-व्रत की घोषणा को एक प्रकार से स्वीकार भी कर लिया था। पर माई ने उस दिन उनके दृढ़ निश्चय की धज्जियाँ उड़ा दीं। एक सशक्त फूत्कार के साथ, हाथ में बन्द चावल के दाने उसने धरा पर बिखेर दिए। फिर कठोर स्वर में गरजी, "तू बिवाह करेगा, दुनिया का कोई भी ताकत तेरे ब्याह को नहीं रोक पाएगा।" उसके कंठस्वर की दृढ़ता में कुछ ऐसी सम्मोहिनी शक्ति थी कि मुझे लगा, बैंड के साथ झम्मक-झम्म-झम्म करती, बड़ी-सी बारात सचमुच ही हमारे आँगन में उतर आई है! अपनी अद्भुत भविष्यवाणी से हमें प्रभावित कर अब उस वैष्णवी ने उबलती कढ़ी उतारकर, चावल की डेगची चढ़ा दी और हमसे बतियाने लगी। मैंने देखा, उसका शरीर, कंठस्वर, छोटे-छँटे केश सबकुछ ही मर्दाना था, यही नहीं मोटे होंठों के ऊपर सुस्पष्ट मूँछों की एक रेखा भी थी। एक पल को एक शंका ने शायद हम दोनों बहनों को ही सहमा दिया, कहीं वैष्णवी का वेश धर, हम अकेली बहनों को ठगने आया यह कोई धूर्त वंचक तो नहीं था? सकपकाकर, हम दोनों के शंकित दृष्टि के आदान-प्रदान को शायद उस चतुरा माई ने भी भाँप लिया,

"क्यों बेटी, माई का चेहरा ऐसे क्यों देख रही हो? डर गईं क्या?" लपककर उसने मेरा हाथ पकड़ा और हँसने लगी। मैं उस विचित्र स्पर्श की, चेष्टा करने पर भी आज स्पष्ट व्याख्या नहीं कर पा रही हूँ, पर ऐसा लगा था जैसे कोई लिजलिजी छिपकली ही मेरे हाथ में आ गई हो।

"माई का चेहरा ही ऐसा है बेटी," एक लम्बी साँस खींचकर उसने अपनी अस्वाभाविक मूँछों की रेखा को सँवारा, "नाम था लछमी, और ब्याह होकर आई तो सास ने घूँघट उठाते ही कहा, 'अरे यह तो लछमी नहीं लछमसिंह को ब्याह लाया है रे तू आनसिंह,' उसी दिन से हरामी हमारा दुश्मन बन गया।" वैष्णवी का मांसल कंठस्वर अजीब बैठा-बैठा-सा लग रहा था, जैसे अभी-अभी नजले से उठी हो। कंठ में झूल रही चित्र-विचित्र मालाओं पर हमारी दृष्टि निबद्ध देख, वह हँस-हँसकर एक-एक माला से हमारा परिचय कराने लगी, "यह बड़े गुरु महाराज की दीच्छा माला, यह मँझले गुरु का दिया छोटा जप का माला, यह मसान के जप का रुद्राक्ष और यह पिरागराज के कुम्भ का तुलसीमाला।"

मेरी बहन भीतर गई और मुझे भी हाथ से उठ आने को कहने लगी, पर मुझे तो वैष्णवी की रसीली बातों में महा आनन्द आ रहा था, मैं भला क्यों उठती? खाती है तो वैष्णवी खाती रहे, मैं क्या उसके खाने में नज़र लगा रही थी? जान-बूझकर ही मैंने अग्रजा के कृत-संकेत की अवहेलना कर दी। वैष्णवी ने आँखें बन्द कर जमीन पर गुरु के नाम की तीन-चार कढ़ी-भात की बड़ियाँ-सी डालीं, और हँसकर मुझसे बोली, "क्यों, खाएगी बेटी?"

सच कहूँ तो उसकी चटपटी मिर्च-रंगी कढ़ी देखकर मन ललचा भी उठा था। पर छिः, स्वयं भिक्षा में दिया गया अन्न क्या ग्रहण कर सकती थी मैं!

खाना खाकर वैष्णवी ने देखते ही देखते बर्तन मलकर दर्पण से चमका दिए और चीमटे से अंगारे बीनकर चिलम सजा ली—पहले थैली से एक रंगीन काठ की डिबिया निकाली, फिर उसकी दो चुटकियाँ दोनों नथुनों में भरीं और अचानक धुआँ उगलती दुनाली का रहस्य स्वयं स्पष्ट हो गया। अब वह पालथी मारकर बैठी और आँखें बन्द कर उसने एक लम्बी कश ली। चिलम का मादक धुआँ उसे अब और मुखरा बना गया था।

"वाह! माई आज तुमसे बहुत खुश है बेटी।" मैं चिलम थामे उस दम लगाती रहस्यमयी वैष्णवी को मुग्ध दृष्टि से देख रही थी। कैसी चौड़ी हथेली थी, किसी को एक तमाचा धर दे, तो वहीं ढेर! वैष्णवी थी या पहलवान?

"तुम क्या दिन-रात चलती ही रहती हो माई?" मैंने पूछा।

गाँजे से आरक्त नयनों में सहसा स्निग्ध वात्सल्य छलक आया।

"हाँ बेटी, माई ने बड़ा पाप किया है, इसी से परभू ने सजा दिया है माई को, 'माई! जाओ, दिन-रात चलता रहो, न रात नींद न दिन,' जहाँ गुरु ने कहा वहीं चीमटा गाड़ दिया और गुरु ने कहा, 'अलख माई फेर चल दे'—उखाड़ा चीमटा और चल दिया। 'बरफ, पानी, नौला, गाढ़ (नदी) तर जा माई। पाप किया है पिरस्चित कर 'वही करता हूँ गुरु,--वही करता हूँ...' "

उसने चिलम सहित अपनी चौकोर हथेलियाँ कपाल से टेककर अपने अदर्शी गुरु को नमस्कार किया और फिर एक कश लेकर हिलने-सी लगी...

"गुरु? कहाँ हैं तुम्हारे गुरु?" मैंने पूछा। कैसे गुरु होंगे भला जो अदृश्य बने अपनी शिष्या को उठने-बैठने का भी जादुई आदेश देकर फिर उड़नछू हो जाते थे।

"हा-हा-हा-हा!" वैष्णवी ने मुझे देखकर विचित्र अट्टहास किया, "पगला छोरी, गुरु क्या तुझे दिख सकता है? वह तो कान में आकर कह जाता है बस, ठीक जैसे हवा चलता—हर वक़्त माई का साथ। रात-आधी रात, घाट, मसान कहीं माई डरा, बस गुरु ने सिर पर हाथ धरा—माई डर मत, हम तेरा साथ हूँ।" मसान घाट पर घूमनेवाली माई तब क्या वैष्णवी नहीं थी? निश्चय ही वह किसी मसानी उदासी की चेला थी। मेरे रोंगटे खड़े हो गए, कुछ ही माह पूर्व ऐसे एक भैरवी ने अचानक आकर हमारे ही एक आत्मीय के यहाँ अपना चीमटा गाड़ दिया था। गृहस्वामी के सरल सौजन्य का लाभ उठाती वह उन्हीं के यहाँ जमी रही। मांस-मदिरा से वह अपने आराध्य का नित्य भोग लगाती, और देखते ही देखते उसने उस परिवार को मिट्टी में मिला दिया। पहले, गृह के नन्हे पुत्र की मृत्यु हुई, फिर गृहस्वामी की, और अन्त में स्वयं गृह-स्वामिनी को पागल बनाकर वह एक दिन जैसे अचानक महामारी-सी आई थी, वैसे ही न जाने कहाँ अदृश्य हो गई। कहीं यह भी उसी अखाड़े की तो नहीं थी?

माई आँखें बन्द किए, सहसा फिर झूम-झूमकर अलस स्वर में बोलने लगी, "दस साल में जोगी माई का शादी हुआ, चार साल बाद माई ससुराल गया। मालिक का नाम था आनसिंह! टनकपुर, हलद्वानी, अल्मोड़ा सब जगह मोटर चलाता। आधा पिटरौल अपनी मोटर में डालता, आधा अपने पेट में। जब घर आता नशा में चूर, जोगी माई को कभी सास मारता, कभी मरद। कभी

कहता, 'लकड़ी ला।' कभी कहता, 'घास काट ला।' कभी भूखा-प्यासा माई को भैंस चराने भेज देता जंगल। और भैंस भी था ऐसा हरामी कि जोगी माई को भगा-भगाकर मार देता। माई पूछता, 'सासू ज्यू हो, मायके जाऊँ?' तो गरम चिमटे से दाग देता, देख अभी भी 'डाम' (जले का चिन्ह) पड़ा है सब।'' चिलम पेड़ से टिका, माई ने अपनी भगवा फतुई-कुर्ती ऊपर उठा दी और उसके नारीत्व के शुष्कतूबी-से लटके प्रमाणपत्र देखकर, मैंने सकपकाकर आँखें नीची कर ली थीं। सचमुच वह नारी थी। पेट से लेकर पसलियों तक, क्रूर सास के गर्म चीमटे के अमिट चिन्ह, गोदने की अमिट स्याही से ही उभर आए थे।

"एक दिन माई को बुखार में ही सास ने भैंस चराने भेज दिया। माई बहुत रोया, 'हम नहीं जाएगा सासू, उस वन में बाघ लगा है, हमको बुखार है।' पर सास ने कहा, 'जा, जा, बाघ ने तुझे खा लिया तो हम दूसरा बहू ले आएगा।'

" उस दिन भैंस को भी सास ने मन्तर दिया था। भगाते-भगाते जोगी माई का दम निकाल दिया, आखिर जाकर खड़ा हो गया हरामी 'म्योल' (घाटी) के ऊपर। नीचे काली गंगा, एक धक्का लगा तो चूर-चूर! माई को बहुत गुस्सा था उस दिन, भूख का गुस्सा, सास का गुस्सा, मरद का गुस्सा, सब निकाला उसने भैंस पर। रोज-रोज माई को सताता है 'चंडाल, ले जा!' बस, धक्का दिया और धड़ाम से भैंस गिरा। ऐसे बह गया जैसे कुस (कुश)...

" माई रोता-रोता घर आया, सास ने पूछा, 'क्यों रोता है, भैंस कहाँ है?...बोल छोकरी कहाँ है भैंस?'

" 'जंगल में ही है सासू ज्यू, आप चलो तो दिखा दूँ।'

" आगे-आगे जोगी माई, पीछे गाली देता सास—वही चोटी पर हम दोनों पहुँचा। माई का सास था एकदम दुबला-पतला और माई था तगड़ा जवान...'

" 'बोल, कहाँ है मेरी ढाई सौ की भैंस—कहाँ?' उसने चिल्लाकर कहा।

" यहाँ, बोला माई और धकेल दिया हरामी को! ऐसा बह गया जैसा कुस...'' अब एक पल को माई चुप हो गई, उसका पाप क्या इतना ही था?

"लौटकर माई आया तो दरवाजे पर आनसिंह खड़ा था, नशे में चूर लाल-लाल आँखें, और हाथ में कुल्हाड़ी...

" 'बोल राँड, तू अकेली कैसे आई, मेरी माँ कहाँ है? जानती नहीं उस

बन में बाघ लगा है, फिर क्यों ले गई मेरी माँ को?' " जोगी माई को बहुत गुस्सा आ गया, बहुत! बाघ हरामी की माँ के लिए लगा था, माई के लिए नहीं?

" 'तुम्हारी माँ नीचे गिर गई है,' माई ने रोकर कहा, 'जल्दी चलो हमारा साथ, अभी बाज के पेड़ में अटका है तुम्हारी माँ...'

" आनसिंह भागता-भागता माई के पीछे फिर उसी पहाड़ पर पहुँचा। माई को एक थप्पड़ मारकर बोला, 'बोल हरामजादी, कहाँ है मेरी माँ?'

" 'यहाँ,' कहकर माई ने उसे भी धक्का दे दिया।

" वही तीखा पहाड़ और नीचे काली गंगा। माई फिर घर नहीं लौटा, ओडयार में, नैपाली बाबा के पैर पकड़कर सब पाप कबूल दिया माई ने। गुरु महाराज ने दीच्छा दिया और कहा, 'माई जा, दिन-रात चिमटा बजाकर भिच्छा माँगकर खा, और भिच्छा माँगकर पहन-ओढ़! तूने जीव-हत्या किया है, यही तेरा पिरास्चित है, अब परभू तेरा मालिक और परभू सहारा है'।"

चिलम उलटकर वैष्णवी ने थैली में डाल दी, चीमटा उखाड़ा और हँसकर खड़ी हो गई, "परभू तुम्हारा भला करे, माई अब चलेगा..."

इससे पहले कि मैं बहन को बुलाकर लाती, वह लम्बे-लम्बे डग भरती सीढ़ियाँ उतर गई।

वही मुखरा मर्दानी वैष्णवी, मेरी कहानी 'लाटी' की वैष्णवी है, यही 'धुआँ' की और इसी की लाटी के चौखटे में मैंने अपने उपन्यास 'चौदह फेरे' की वैष्णवी को बाँधा है। कैसा जघन्य अपराध था उसका! एकसाथ तीन-तीन हत्याएँ—भैंस की, सास की और पति की। प्रतिशोध की कैसी विकट भावना रही होगी उसकी! संसार की किसी अदालत में, यह ट्रिपल मर्डर केस नहीं चला, किसी न्यायाधीश ने उसे बन्दिनी बनाकर कारागार के कपाटों में नहीं मूँदा, किन्तु बेड़ियाँ डाल दीं स्वयं उसकी अन्तरात्मा ने। भरी जवानी में, सिर पर भगवा कफनी बाँधे, वह एक बार फिर उसी तीखी पहाड़ी पर खड़ी हो गई। चौथी निर्मम हत्या की उसने, स्वयं अपने सत्रह वर्ष के यौवन की। खूनी के सधे हाथों ने इस बार उसी हृदयहीन क्रूरता से, अपने यौवन को नीचे धकेल दिया। तीखा पहाड़ और नीचे बहती काली गंगा की तीव्र धारा।

इस बार उसका यौवन ऐसे बह गया जैसे कुश! इससे कठोर दंड उसे और मिल भी क्या सकता था?

एक ऐसी ही अदृश्य बेड़ियों से जकड़ी दूसरी बन्दिनी से भी मेरा परिचय

उसी अखरोट के वृक्ष के नीचे हुआ था। खंजड़ी बजाती चैत की 'भेटुली' के पर्व पर मीठे करुण पहाड़ी 'ऋतुरैंण' गाती वह एक दिन सहसा आ गई थी, और फिर कई दिनों तक आती रही थी। उन दिनों पहाड़ में पेशेवर गायिकाओं का एक दल, चैत्र मास आरम्भ होते ही, समृद्ध गृहों में, ऋतुरैंण गाने जाया करता था, उनकी चाल-ढाल में, अदब-कायदे में, वेश-विन्यास में, कहीं भी उनके कलुषित पेशे की छाप नहीं रहती। अधिकतर गायिकाएँ चौड़े काले मखमली किनारे की इकलाई पहने, सीधा पल्ला सिर पर सँवारे, पान-दोख्ते से सनी मीठी हँसी से पूरा मुहल्ला गुलजार कर देती, उन दिनों पहाड़ में एक और भी कुप्रथा थी। समृद्ध गृहों के बुजुर्ग, वाणप्रस्थावस्था में, अपने यौवनकाल की इसी बदनाम बस्ती की 'मिस्ट्रेस' को घर लाकर निःसंकोच गृहिणी के आसन पर बिठा देते। उनमें से अधिकांश सिन्थेटिक गृहिणियों का नाम 'राम' के पावन अक्षर से ही आरम्भ होता था जैसे, 'रामकटोरी' 'रामप्रिया' 'रामप्यारी' आदि। जिस मुहल्ले में एक-आध ऐसी रामनाम-धारिणी वास करती, वहाँ इस चैती गायिका-दल की बैठक विशेष रूप से जमती। दुर्भाग्य से हमारे मुहल्ले में, कोई भी ऐसी भाग्यवती नहीं थी, किन्तु हमारे ही एक रसिक आत्मीय के यहाँ इस दल का एक विशेष जलसा होता। खिड़की से उचक-उचककर, हमने उस दल की एक से एक सुन्दरी उर्वशियों की रूपसुधा का छककर पान किया था। एक दिन अनजाने ही मैं उन्हीं नानाजी के पास अखबार माँगने चली गई थी। उस दिन जो दृश्य वहाँ देखा, वह मैंने न कभी पहले देखा था, न शायद कभी देख पाऊँगी। हाथ में सिगार लिए ही मेरे रिश्ते के नाना मसनद पर लेटे थे; उनके सिरहाने-पायताने, अगल-बगल एक से एक सुन्दरी अप्सराएँ खिलखिला रही थीं। जैसा रंग वैसी ही ख़ुशबू; लगता था किसी ने दस-बारह इत्रदान एकसाथ तोड़कर कमरे में बिखेर दिए हैं। उस इन्दरसभा में अचानक सयानी पौत्री को देखकर नानाजी सकपका गए और स्वयं मुझे भी पसीना छूटने लगा। किन्तु व्यवहारकुशल नानाजी ने फौरन परिस्थिति सँभाल ली, "कहो नातनी, कैसे आईं?" उन्होंने हँसकर पूछा। मैंने कहा, पर जीभ जैसे तालू से सट गई थी।

"आज का 'स्टेट्समैन' लेने आई थी।"

"ओह लला, तुम्हारी नातनी हैं ये? अब तो हम इन्हें बिठाकर चैत का शगुन ज़रूर करेंगी..." देखते ही देखते पूरी गुनगुनाती मधुमक्खियों ने मुझे अपनी रानी की भाँति घेर लिया और गाने लगीं :

ज़ो भागी जियलो
यो दिन भेटौलो हो!

कहीं मीठी खिलखिलाहट, कहीं कोमल हथेलियों से मेरा चिबुक-स्पर्श, कहीं अपनी मातृत्ववंचिता चिरशुष्क गोदी में मुझे खींचने का असफल प्रयास। मेरी रोनी सूरत पर तरस खाकर, नानाजी ने उन्हें डपटकर मुझे छुड़ा दिया था, "क्या कर रही हो तुम लोग, बेचारी लड़की घबरा रही है। ले बेटी, अखबार मेज़ पर धरा है, उठा ले।" मैं एक प्रकार से जान बचाकर भाग आई थी। नानाजी, गायिकाओं के सौभाग्य से विधुर भी थे और निःसन्तान भी, पर वे उनके यहाँ कभी चैत का शगुन नहीं गा पाती थीं। जिस घर में बेटी न हो, वहाँ भला, ऋतुरैंण कौन मूर्खा गा सकती थीं? मुझे देखकर और नानाजी की पौत्री के रूप में मेरा परिचय पाकर, हृदय के उच्छ्वास को उस दिन सम्भवतः वे रोक नहीं पाई थीं। बहुत दिनों बाद, मोपाँसा की कहानी 'मैडम टैलडूर्स इस्टेब्लिशमेंट' पढ़ी तो मुझे एक पल को नानाजी का वही कक्ष याद हो आया था। मैडम की नन्ही भतीजी के बपतिस्मा के समारोह में आया मैडम का रंगीन दल, क्या एकदम नानाजी की बैठक में जुटा दल नहीं था? भाग तो मैं आई थी किन्तु 'देस' में बँधी ऋतुरैंण की वह धुन, मुझे भुलाए नहीं भूलती थी :

जो भागी जियलो
यो दिन भेटौलो हो।

प्रत्येक भाग्यवती कन्या के जीवन में, यह दिन बार-बार आए!

इसी पंक्ति को दुहराती रजुला जब खंजड़ी खनखनाती मेरे सम्मुख खड़ी हो गई, तो मैं चौंक उठी थी। साँवला चेहरा, निमग्न आँखें, वेदना-विधुर चेहरे पर करुण हँसी और उसके कलुषित पेशे का स्मृतिचिन्ह बनती जा रही सहसा नीचे धँस गई नाक। शायद उसी बैठी नाक के कंठस्वर में शहनाई की-सी नक्की मिठास घोल दी थी।

"क्या सुनोगी लली, ऋतुरैंण, परी चाँचरी या रमौला...?" उसने हँसकर पूछा।

फिर तो वह कई दिनों तक आती रही और अपने कोकिल कंठ में संचित लोकगीतों का स्वर्णकोष हमारे सम्मुख औदार्य से लुटा-लुटाकर, हमें रिझाती रही। मैंने कितने गाने उससे सीखे, सुने, कितने झोली भर-भरकर शान्ति-निकेतन ले गई, कितनों से आश्रम की कनिकादेवी, ज्योतिषदेव बर्मन, सुचित्र मित्रा जैसे प्रसिद्ध गायक-गायिकाओं के सुकंठ को सींचा, उनका अन्त नहीं

है। तिलककामोद दुर्गा, देस इन तीन राग-रागिनियों में ही तो कुमाऊँ के लोकगीतों के प्राण बसे हैं। क्या अनोखी मुरकियाँ अपढ़, अज्ञात, अनाम, लोक-कवियों की सरल कल्पना की, कैसी-कैसी उड़ान और सर्वोपरि, स्वयं उस कोकिलकंठी गायिका की अपूर्व स्वर-लहरी! लगता था इस नारी की सृष्टि ही विधाता ने गाने के लिए की है। अब कभी कुमारगन्धर्व की स्वर-लहरी से कुशल लुकाछिपी सुनती हूँ तो लगता है, यह बाजीगरी आज से तीस वर्ष पूर्व, वह अनपढ़, वास्तविक संगीत-शिक्षा से अनभिज्ञ रजुला कहाँ से सीख गई होगी? गाती-गाती वह मीठी स्वर-लहरी की चरमबिन्दु पाते ही, अचानक तार-सप्तक को छू रही मीठी आवाज़ को, शून्य में विलीन कर फिर धीरे-धीरे उठाकर श्रोताओं को रस की चाशनी में पागकर रख देती। न कोई साज न कोई ठेका, केवल एक टूटी-सी खंजड़ी, जिसकी मुई खाल को वह दियासलाई जलाकर, तपा-भर देती और कान के पास बजाती, आँखें मूँदकर स्वर साधती :

नैनीताला नन्दादेवी
सोरे की भगवती

आज से तीस वर्ष पूर्व, जब उससे पहली बार :

बेड़ पाको बारोमासा
आहा काफल पाको चैत्ता
मेरी छैला

सुना था तो मुझे लगा था, सिर के ऊपर, छतरी-सा तना अखरोट-तरु भी जैसे लाल-लाल रसीले फलों से लद गया है।

"रजुला, ऐसा गाना तुमने किससे सीखा?" हम पूछतीं।

"उससे," वह दोनों हाथ जोड़कर आकाश की ओर उठा आँख मूँद लेती।

ठीक ही कहा था उसने, कंठस्वर की ऐसी बाजीगरी, उसे वही कुशल शिल्पी प्रदान कर सकता था। वैसे वह 'ऋतुरैंण', 'भगनौला', 'रमौला' सब कुछ गाती थी। किन्तु आत्महारा होकर गाती थी—देवता के गीत। एक गीत, उसे विशेष रूप से प्रिय था :

मेरो कह्यो नीकह्यो
करिया नीकरिया
मेरो सुँणिया नीसुँणिया
करियै छिमा
छिमा मेरा परभू!

मेरा कहा-अनकहा, मेरा किया-न-किया, मेरा सुना-अनसुना, सब क्षमा करो, क्षमा करो मेरे प्रभू!

गाती-गाती वह सुधबुध ही जैसे खो बैठती, आँखों से आँसू की धारा बहने लगती, खंजड़ी पर थिरकती अँगुलियाँ शिथिल पड़ जातीं, और कभी कंठस्वर को उठाती, कभी डुबाती। वह सुननेवालों को भी उठाती, डुबाती, रुलाती जाती।

"ऐसा गला पाकर भी तुम भीख ही माँगती रहीं रजुला?" मैंने एक दिन उससे पूछा तो वह उदास हो गई। इधर कई दिनों की संगीत-शिक्षा ने हम दोनों के बीच गुरु-शिष्य का स्नेह सम्बन्ध स्थापित कर दिया था।

"नहीं लली, तुम्हारी किरपा से, रजुला ने इस गले से बहुत माया जोड़ी, चाहती तो ऐसी दस-बीस कोठी खड़ी कर सकती थी।" उसने अपनी प्रलम्ब भुजा, हमारे घर की ओर बढ़ा फिर सहसा सकुचाकर समेट ली। पल-भर को धुँधली आँखों में दप से जली गर्व की ज्योति उसी वेग से बुझ गई। तब मैं अपना कौतूहल रोक नहीं पाई, ''कहाँ गई वह माया?"

"नदी में," उसने आवेगहीन कंठ से कहा और शिथिल खंजड़ी, टूटी खनक के साथ, उसी की गोदी में गिर गई।

मैंने उसके दोनों हाथ पकड़कर कहा, "कहो न रजुला, नदी में कैसे चले गए तुम्हारे रुपये?"

"लली," उसने उदास हँसी हँसकर कहा, "सुनकर क्या करोगी? तुम लोग हो ऊँचे बामणों की लली, हम जैसे पापियों को छू भी लिया तो हम तर गईं। हमारा गंगाजल हो तुम लली, तुम्हारा हाथ छूकर झूठ नहीं बोल सकतीं हम! सच कह रही हूँ लली, इन्हीं हाथों से पूरा चालीस तोला सोना बहा दिया रजुला ने..."

"चालीस तोला!" मेरी आँखें फटी रह गईं।

"हाँ लली!" कंठस्वर में किसी प्रकार की उत्तेजना का स्पर्श भी नहीं था।

"यही नहीं, विट्टोरी (विक्टोरिया) के चार हजार नकद रुपये काठ की ठेकी में ऐसे छलाछल छलक रहे थे, जैसे कुंडे का दानेदार दही, सब पाप, बहा दिया भागीरथी में..."

"क्यों, ऐसा क्यों किया? और अब गाना गाकर, दर-दर भीख माँगती हो?" मैंने पूछा।

"पाप किया था लली, घोर पाप, किसी ने सजा नहीं दी, भगवान ने भी

आँखें बन्द कर ली थीं–किसी ने नहीं पकड़ा मुझे।"

"कैसा पाप किया था तुमने रजुला?" मेरे प्रश्न के साथ ही, उसका पीला चेहरा और भी पीला पड़ गया।

"हत्या की थी मैंने..."

"किसकी हत्या?" मैंने साँस रोककर पूछा।

"अपने बेटे की," उसकी आँखें एकदम सूखी थीं–लगता था उसके आँसुओं का आदिस्रोत ही बहुत पहले सूख गया है।

"ऐसा क्यों किया?" मैंने सहमे स्वर में पूछा।

"क्योंकि उसकी शक़्ल एकदम अपने बाप से मिलती थी, पैदा होते ही जिसकी शक़्ल मैंने पहचान ली, बड़ा होता तो क्या लोग उसे नहीं पहचान लेते–सब जान जाते कि वह किसका बेटा है!" वह एक लम्बी साँस खींचकर, फिर संयत स्वर में कहने लगी, "नदी में ले गई, अपनी आँखें बन्द कर मैंने दुश्मन को डुबो दिया लली..."

कैसी विचित्र थी यह माँ! पिता से पुत्र की शकल मिलती थी इसी से उसके प्राण ले लिए। पिता की-सी सूरत तो किसी भी पुत्र के लिए गौरव की बात है, लज्जा की नहीं।

"तुम नहीं समझोगी लली," उसने हँसकर मेरी पीठ थपथपाई थी, "पूरा गाँव उसके बाप को देवता मानकर पूजता था और फिर उसका बाप क्या मेरा पति था? मैं तो थी नाचने-गानेवाली नरैंण की (प्रभु की) दासी, घोर पापिन, कलमुँही रजुला, क्या अपनी कालिख उनके मुँह पर पोंछ सकती थी? गाँव छोड़कर भाग गई, और पाप की पूरी कमाई, चलते-चलते उसी भागीरथी में डुबो गई। कहाँ-कहाँ घूमी, कितने दुःख सहे, हे भगवान! सुआमी गंगनाथ, सबूक भल करिया परभू!" (हे भगवान, स्वामी गंगनाथ सबका भला करना प्रभु!) रजुला ने दोनों हाथ कपाल से टेककर, न जाने किन-किन कुटिल कामियों के लिए, अपने अदर्शी प्रभु से क्षमायाचना की। फिर कहने लगी, "भगवान ने दंड दिया, गला बैठ गया, सारे बदन में फुंसियाँ निकल आईं। जो देखता, घिन्न से दूर सरक जाता। कभी कोई कोढ़िन समझकर धेला-पैसा फेंक देता, और गुड़ खा, पानी पीकर किसी पेड़ के नीचे पड़ी रहती। कभी सपना देखती, छातियों से दूध बहा जा रहा है, कपड़े भीग रहे हैं, चौंककर चीखती पर आवाज न निकलती। एक दिन मैंने उसी बैठी आवाज में अपना वही गीत गाया–'करियै छिमा, छिमा मेरा परभू।' धीरे-धीरे गला खुल गया, खोई आवाज़

फिर लौट आई। अब इधर-उधर भीख माँगकर पेट भर लेती हूँ—यही मेरी जेल है लली। जिस दिन बेड़ी कटेगी उस दिन चार कन्धे पर यही गाना गाती चली जाऊँगी!

मेरी कह्या नाकह्या
करिया नीकरिया
मेरी सुँणिया नीसुँणिया
करियै छिमा
छिमा मेरा परभू...!"

निश्चय ही, अब तक वह अपना वही प्रिय गीत गुनगुनाती महाप्रस्थान के पथ पर चली गई होगी, पर मेरे कानों में तो अभी भी, कभी-कभी उसकी खंजड़ी खनखना उठती है। कैशोर्य में मिली मेरी यही संगीत-शिक्षिका मेरी कहानी 'करियै छिमा' की नायिका बनी। मैं तो उसे यही सामान्य गुरुदक्षिणा दे सकी, किन्तु वह मुझे जो कुछ दे गई, उस अनोखे ऋण से क्या मैं कभी उऋण हो सकती हूँ?

इसमें कोई सन्देह नहीं कि विश्व के उच्चतम न्यायालय से बहुत-बहुत ऊँचा जो एक और न्यायालय है वहाँ न झूठी गवाही चलती है, न झूठी दलील! उस अनुपम न्याय-तुला का न एक पलड़ा रत्ती-भर इधर नत हो सकता है, न उधर। और उन अदृश्य हथकड़ी-बेड़ियों की जकड़ इहलोक की बेड़ियों की जकड़ से कहीं अधिक कठोर होती है, कहीं अधिक दुर्धर्ष!

चाँद

अपने शोख नीले रंग के घेरदार गरारे को, किसी नृत्यप्रवीणा बाईजी की-सी कुशल घुमेर के साथ फैलाकर, वह अपने प्रिय टीले पर बैठी थी। बौनी कमीज़ के चटख गुलाबी रंग की पारदर्शी झलक के बीच, उसका दुःसाहसी निर्लज्जता से किया गया उन्मुक्त यौवन-प्रदर्शन देख किसी भी संस्कारी कुलवधू के तन-बदन में आग भड़क सकती थी। फिर भी न जाने उस कलूटी के चेहरे में क्या आकर्षण था कि जो भी उधर से गुज़रता, उसे एक बार मुड़कर देख ही लेता। स्वयं मैं भी तो उस दिन अपना लोभ संवरण नहीं कर पाई थी। यही नहीं, फोन कर मैंने अपनी प्रतिवेशिनी मानवी शुक्ला को भी बुला लिया था। इसमें कोई सन्देह नहीं कि देखनेवाले को दोनों ही चेहरे समान रूप से बाँधते हैं, अत्यन्त सुन्दर और हतकुत्सित। मैंने जब पहली बार उसे देखा तब उसकी सस्ती सज्जा देख मेरा सर्वांग घृणा से सिहर उठता था। काला रंग, वह भी ऐसा कि कोई अँधेरे में देख ले तो चौंक उठे। उस काले रंग पर बोतली हरे रंग का चकमक करता दुपट्टा, होंठों पर सस्ते लिपस्टिक की गाढ़ी लालिमा और दोनों ओर चोटियों पर लगे, अर्धचन्द्राकार चमचमाते सोने के क्लिप। दुपट्टा अपूर्व कौशल से, सुराहीदार ग्रीवा में, मफलर की लपेट में लिपटा दिया गया था, जिससे उस काले राजमहल की पत्थर की-सी बनी इमारत की दर्शनीय गुम्बदी मीनारें अनदेखी न रह जाएँ। उसके बाद जब भी मैंने देखा, उसकी सज्जा उतनी ही सस्ती, उतनी ही शोख और उतनी ही मारात्मक रहती।

उस दिन वह शायद एकदम ही कोरी साटन का गरारा पहनकर अपने गढ़टीले पर बैठी थी, इसी से नये साटन की चमक हमारी आँखों को ऐसे चौंधियाने लगी जैसे कोई सूरज की ओर आईना लगा हमारी आँखों पर किरणें फेंक रहा हो। मानो भी मेरा कन्धा पकड़ पर्दे के पीछे दुबकी, उसे एकटक

देख रही थी।

"देख रही हो न? बेहया का दुपट्टा देखो ज़रा," मैंने कहा।

"क्यों क्या बुराई है जी?" मानो हँसकर बोली, "कम से कम दुपट्टा तो ओढ़ लिया है। मैं तुम्हें भले घरों की ऐसी बीसियों कन्या कुमारिकाएँ दिखा दूँ, जो दुपट्टा ओढ़ती ही नहीं। कुमारी कन्याएँ क्यों, अपनी मिसेज़ कोहली को ही ले लो न। कल ही तो देखा था। चारखानी लुंगी पहने, उत्तरीय-विहीन मिसेज़ कोहली, क्या अपने गोश्तवाले को भी मात कर रही थी या नहीं?"

मैं चुप रह गई, कहती भी क्या? स्वयं विधाता के कार्यकलाप में त्रुटि निकाल, उस्तरे से सफाचट की गई भौंहों पर पेंसिल की कमान-सी रेखा, पलकों पर किया गया नवीनतम शृंगार-प्रलेप, नाभि-दर्शनों की दुहाई देती, ऐसी निर्लज्जता से नीची बँधी साड़ी कि अच्छी-अच्छी सुसंस्कृत आधुनिकाओं की आँखें भी कपाल पर चढ़ जातीं, उस पर अत्यन्त मिनी कुंचुकी, जिसे वह अपने पति के साथ मारवाड़ के किसी सेमीनार में जाकर ठेठ राजस्थानी कारीगरी के हाथ से सिलवाकर लाई थी। राजभवन के सहभोज में, जिस दिन मैंने पहली बार मिसेज़ कोहली को देखा, सम्मुख धरे राजभवनी छप्पन व्यंजनों को चखना भूल मैं अपने सामने बैठी उस अद्‌भुत रूप से दुःसाहसी शृंगारप्रिया की अनुपम सज्जा को ही चखती रह गई थी। मेरी ही नहीं, मुग्ध पुरुषों की चकित दृष्टि भी उन्हीं पर निबद्ध थी। मिसेज़ कोहली एक बहुत बड़े अफसर की पत्नी ही नहीं, सुगायिका भी थीं। एक सुप्रसिद्ध, अवकाशप्राप्त बाईजी से वह नियमित रूप से गाना भी सीखती थीं। शहर का कोई भी संगीत-जलसा होता, हाथ में गजरा लपेटे, पेशेवर कोठेवालियों के कटाक्षों को भी फ़ीका करती मिसेज़ कोहली दाग़, मीर और गालिब के कलाम से वातानुकूलित भव्य प्रदर्शन-गृह को, अपने मँजे कंठस्वर से गुँजा देतीं।

"क्यों चुप हो?" मानो मुझे जान-बूझकर ही छेड़ने पर तुली थी, "ईमान से बताना, हमारी कामिनी कोहली क्या तुम्हारी इस चाँद से कुछ कम है? अन्तर इतना ही है कि उसके पति एक उच्चपदस्थ अफसर हैं और चाँद..."

"और चाँद के पति अँगुलियों पर नहीं गिने जा सकते," मैंने हँसकर उसे बीच ही में टोक दिया।

सचमुच ही, क्या नहीं किया था इस अभागी ने। पहले कर्नल सोनी की गृहस्थी में विष घोला, मिसेज़ सोनी के यहाँ आया बनकर गई और तीसरे ही महीने उनकी सौत बनकर लौटी। अच्छी-भली मिसेज़ सोनी को पागल बना

दिया हरामजादी ने। फिर उस मद्रासी इंजीनियर के साथ नाक कटवाई।

"पर एक बात माननी पड़ेगी," मानो ने हँसकर कहा, "रुचि है छोकरी की, बड़े ही शिकार पर टूटती है, क्यों?"

"नहीं, ऐसी बात नहीं है," मैंने कहा था, "केवल खीर-मिष्ठान्न ही नहीं चखती महारानी, भुने चने, लाई से भी परहेज नहीं है अभागी को!"

"मतलब!" मानो मोढ़ा खींचकर बैठ गई!

''देख लो न खुद..." मैंने उसे हाथ पकड़कर खड़ा कर दिया था।

एक लम्बा-चौड़ा पठान-सा रिक्शाचालक रिक्शा रोककर उसके सामने खड़ा हो गया। एकदम ओडिसी की मुद्रा में, छाती पर दोनों हाथ धरकर, बाँकी अदा से गर्दन पीछे झटक अपने कटाक्ष का अचूक हथगोला फेंका और रिक्शाचालक वहीं पर चित हो गया। हम दोनों पर्दे की ओट से वह सस्ती नौटंकी देख रही थीं। उसने फटी बनियान को उठाकर, विवर्ण पाजामे के नाड़े में बँधा बटुआ खोला और एक-एक के दो-तीन पांडुजीर्ण नोट निकाल लिए। एक बार इधर-उधर देख उसने फिर वही पत्रपुष्प आराध्य देवी के चरणों में रख दिए। बेचारे की न जाने किन-किन थकानप्रद रिक्शा-यात्राओं से अर्जित की गई गाढ़े पसीने की वह कमाई हमारे देखते ही देखते फुर्र से हवा में उड़ गई। उसके जाते ही चाँद ने आइसक्रीमवाले की ठेलागाड़ी को रोका, पल भर को उसे भी अपने कटाक्षों में बाँधा और तीन के दाम देकर चार बाल्टियाँ एक साथ लेकर खाने लगी। आइसक्रीमवाले ने शायद कम पैसे मिलने की शिकायत की, जिस पर तुनककर उसने अपना काला मोटा अँगूठा उसे दिखा दिया। चाँद की वह अनोखी अदा देख, वह काना आइसक्रीमवाला गद्‌गद होकर कुछ ज़ोर से ही कह बैठा, "क्यों नाराज होती है महारानी, पूरी गाड़ी ही तेरी है। और दूँ?"

"देख रही हो न!" मैंने मानो को ठसकाया, "हाड़-मांस जल जाते हैं इसे देखकर, दिन-रात यहीं बैठी यही सब करती रहती है। हर फ्लैट में जवान लड़के-लड़कियाँ हैं, तुम्हीं सोचो, क्या असर पड़ता होगा उन पर!"

पर मानो को अब भी उसी निगोड़ी से सहानुभूति थी। "कैसी बचकानी बातें करती हो जी," वह कहने लगी, "यह न होती तो उन्हें क्या कुछ और नहीं मिल सकता? हिन्दी फ़िल्मों की कैबरे-नर्तकी को भी हटा पाओगी क्या तुम? मुझे तो भई, इस शोख लड़की पर तरस ही आ रहा है। न जाने किस कुंठा ने इसे ऐसा बना दिया है। किसी भली सहृदया स्वामिनी के हाथ में

पड़कर इसी की कायापलट हो सकती है।"

"तब, तुम ही क्यों नहीं रख लेतीं इसे? कई बार मुझसे आया ढूँढ़ने को कह चुकी हो। यह नौकरानी क्या बुरी है। क्या पता शायद तुम्हारे संस्कारशील गृह का गंगाजल इसे भी पवित्र कर दे।"

मैंने तो मज़ाक ही किया था, पर मानो को क्या निश्चय लेने में कभी देर लग सकती थी? मैं उसे रोकती, इससे पहले ही वह उसे तालियाँ बजा, 'हिश-हिश' कहकर पुकारने लगी थी।

पहले चाँद ने देखा, और अपनी गर्वीली ग्रीवा ऐसे फेर ली जैसे, कुछ सुना ही न हो, पर फिर मानो ने कुछ जोर से ही हाँक लगाई—"अरी ओ लड़की, बहरी हो गई क्या?"

"जी, मुझे बुलाया?" वह बड़ी नम्रता से उठी तो उसका घेरदार नीला गरारा अन्तहीन नीलाकाश-सा ही दूर-दूर तक फैल गया।

"हाँ जी, और क्या तुम सोच रही हो मैं तालियाँ बजाकर कव्वाली गा रही हूँ?" आनन्दी मानो के उपालम्भ ने कलूटी को हँसा दिया। सचमुच ही उसके स्वच्छ दाँतों की छवि अनुपम थी। वह निकट आई और मैंने पहली बार उसे ठीक से देखा। सस्ते इत्र की तीव्र गन्ध से हम दोनों का सिर एकसाथ चकरा गया। निःसंकोच आकर हमारे सामने खड़ी हो गई। एक पल को उसकी सस्ती सज्जा के बीच झाँक रहा उस निर्लज्ज स्वस्थ युवती का मुँहफट यौवन हम दोनों को एकसाथ भाला-सा मार गया। क्या ब्लाउज के भीतर रोड़े बाँध लिए थे बेहया ने? एक सेकण्ड के लिए, मुखरा मानो भी जैसे वाणी खो बैठी। फिर हँरा हँसकर उसने ही पूछा, "क्यों, नौकरी करोगी?"

"जी!" चाँद ने अविश्वास से हम दोनों को बारी-बारी से देखा, हमारे प्रस्ताव की गुप्ती में कोई घातक छुरी की फाल तो नहीं चमक रही थी? इसी बस्ती में तो, अभी दो फ्लैटों से उसका हृदयहीन निष्कासन हुआ था, फिर एक प्रसिद्ध क्लब में किसी बैरा के साथ शराब पी-पीकर विवस्त्रा बनी इसी मदालसा कराली को पी.ए.सी. की विराट गाड़ी चार ही दिन पहले पकड़कर ले गई, तो पटापट करते तीसों फ्लैटों की खिड़कियाँ खुल गई थीं। एकसाथ इतने साहब-मेम साहब लोगों को अपनी दुर्दशा की चटकारियाँ लेते देख, वह निर्लज्ज धृष्टा जान-बूझकर ही पास बैठे दारोगा पर गिर-गिर पड़ी थी। स्वयं मानो ने मेरी ही खिड़की से उसकी यह जेलयात्रा देखी थी। शायद चाँद ने भी उस दिन हम दोनों को देख लिया था, इसी से हमारा प्रस्ताव उसे चौंका गया।

भुजंगिनी ने हमारी ही आँखों के सामने तो इतनों को डँसा, फिर भी हम क्यों स्वयं उसे डँसने का प्रलोभन दे रही थीं?

"अजी हाँ नौकरी, ये मेम साहब कह रही हैं कि तुम्हारी नौकरी फिर छूट गई है।" मानो मेरी ओर कनखियों से देखती बड़े अर्थपूर्ण ढंग से मुस्कराई।

चाँद सिर झुकाए चुप रही, पर मानो उसे अपनी सरल सीमित गृहस्थी के नाना प्रलोभनों का उत्कोच देकर लुभाने लगी।

"एकदम छोटा-सा कुटुम्ब है हमारा। हम, साहब और बेबी। काम भी ऐसा कोई खास नहीं। डेरीवाला दरवाजे पर ही रुकता है, बाज़ार करने मैं खुद जाती हूँ, इस्तरीवाले का ठेला हमारे ही नीम तले खड़ा होता है। कोयला मैं जलाती नहीं, गैस पर खाना बनता है बस, बेबी का खाना पहुँचाना होगा, वह भी स्कूल दो कदम पर है।" एक साँस में, चाँद के ऐसे मखमली भविष्य का खाका खींचकर मानो हाँफने लगी, पर चाँद फिर भी चुप रही।

मैंने मानो को कुहनी से ठेलकर अंग्रेजी में कहा "अब चुप भी कर। देखती नहीं, उसके लिए साधारण नौकरी का कोई आकर्षण नहीं है, वह केवल असाधारण नौकरी ही किया करती है...क्यों चाँद?" पर मानो के सिर पर तो जैसे मौत नाचने लगी थी।

"तनख्वाह भी कम नहीं दूँगी। चालीस रुपया और नाश्ता-खाना, साथ में कपड़े, साबुन तेल..." अब उन कुटिल आँखों में पल भर को एक चमक-सी आई।

तनख्वाह तो कुछ बुरी नहीं थी, जैसे वह मन-ही-मन हिसाब लगा रही थी।

"मुझे क्या दिन-रात कोठी पर रहना होगा, मेम साहब?" उसने रात पर ही अधिक ज़ोर देकर ऐसे पूछा जैसे उसे दिन से अधिक चिन्ता रात की ही थी।

"नहीं, नहीं," बड़ी उतावली से हँसकर मानो ने कहा, "रात क्यों रहोगी? आठ बजे छुट्टी दे देंगे जी। पर देखो, कभी-कभार मुझे पार्टी-वार्टी में जाना पड़े तब जरूर तुम्हें बेबी के साथ रहना पड़ेगा, पर फिर हम तुम्हें खुद अपनी कार में घर पहुँचा देंगे।"

चाँद अब आश्वस्त होकर मुस्कराने लगी। रात न रहना पड़े तब उसकी निशाचरी वृत्ति की ऊपरी आमदनी को भला कौन रोक सकता था। जेब-खर्च को ये चालीस रुपये क्या बुरे थे?

"जी, मैं करूँगी," उसने अपनी सलज्ज-विनम्र स्वीकृति दे दी और मानो तो जैसे उछल ही पड़ी, "बस, बस, कल ही से काम पर आ जाना, समझी? वही फ्लैट है हमारा, इन मेम साहब के बगलवाला।"

"जी..." वह बड़ी नम्रता से हाथ जोड़कर चली गई।

मैंने स्वप्न में भी नहीं सोचा था कि मज़ाक में उसके गले पर उल्टी धरी गई मेरी तेज छुरी, वह स्वयं सीधी कर अपना गला चाक कर लेगी। चाँद गई तो मैंने घबराबर उसके दोनों हाथ पकड़ लिए।

"क्या कर रही हो तुम मूर्ख? जान-बूझकर ही इस घिनौनी-बदनाम औरत को तुम अपने घर में किस दुःसाहस से न्यौत रही हो?"

"क्यों?" उसने हँसने की चेष्टा की, किन्तु काँपते अधरों के कोर मुझसे छिपा नहीं पाई, "जे.के. को तुम जानती हो, उसे संसार की किसी सर्पिणी का विष नहीं व्याप सकता, इम्यून है वह..."

ठीक ही तो कह रही थी वह। यही तो उस विचित्र व्यक्ति का एकमात्र गुण था। चरित्र एवं मनोबल के उस अनोखे तेज से दीप्त, उसके चेहरे का आकर्षण द्विगुणित हो गया था। न वह कभी आवश्यकता से अधिक बोलता, न व्यर्थ हँसता, न इधर-उधर जाता। लतें थीं तो बस दो—एक सिगार; दूसरी ब्रिज। कोई भी ब्रिज की बैठक उसके बिना जम नहीं सकती थी। कहा जाता था कि ब्रिज का ऐसा बेजोड़ खिलाड़ी शहर में ढूँढ़े से भी नहीं मिल सकता था। कभी-कभी मानो मेरे पास आकर अपना दुखड़ा रोने बैठ जाती—

"समझ में नहीं आता बहन, इन पढ़े-लिखे जुआरी अफसरों को कोई क्यों नहीं पकड़ता! आए दिन तो अखबार में खबरें छपती हैं कि शहर में किसी गैम्बलिंग डेन पर किसी चतुर पुलिस अधिकारी ने छापा मारकर जुआरी पकड़ लिए, पर ये जो ऊँची कोठियों में ऊँचे अफसरों का, ठीक पुलिस अधिकारियों की नाक के नीचे, ऊँचा जुआ चलता है, इस पर कोई क्यों छापा नहीं मारता? मेरा बस चले तो इन सधे जुआरियों को सरे-बाज़ार जूते लगवाऊँ।"

मानो को स्वयं ताश के खेल से सख्त नफ़रत थी। पति के साथ वह चली अवश्य जाती, पर लाख प्रलोभन दिए जाने पर और ब्रिज की कुशल खिलाड़ी होने पर भी वह कभी उस अखाड़े में नहीं उतरी।

"घर की सम्पत्ति लुटाने के लिए घर का एक ही सदस्य क्या कम है?" वह हँसकर कहती और किताब खोलकर बैठ जाती। कभी-कभी बैठक आधी-आधी रात तक चलती रहती, इसी से बेबी के पास बिठाने के लिए उसे एक

आया की तलाश थी।

"भला हो तुम्हारा," वह हँसकर कहती उठ गई, "आज बैठे-बिठाए भगवान ने इसे भेज दिया। जब से पुरानी आया गई, मैं जे.के. के साथ जा ही नहीं पा रही थी।"

मेरा और मानो का परिचय अब करीब-करीब साल-भर का हो चला था, और उस विलक्षण नारी का अद्‌भुत चरित्र इधर मुझे पग-पग पर आश्चर्यचकित करता जा रहा था। इस छोटी-सी अवधि के सहवास में ही वह मेरे अत्यन्त निकट आ चुकी थी, उसकी शायद ही कोई बात मुझसे छिपी थी। उसका सदाबहार चेहरा, होंठों पर निरन्तर थिरकनेवाली भुवनमोहिनी हँसी, पड़ोस-भर का सिरदर्द बटोरकर हँसते-हँसते स्वयं झेलने की अद्‌भुत शक्ति देखकर मैं कभी-कभी दंग रह जाती। 'कैसी सुन्दर जोड़ी है और कितने सुखी हैं दोनों।' लोग कहते तो मुझे मन-ही-मन हँसी आ जाती। उन आँखों में छलछला रही वेदना की उस अगाध उदधि को क्या कोई आज तक देख सका था? क्या कोई कभी सोच सकता था कि दिन-भर प्रतिवेशी परिवारों के साथ उठती-बैठती खिलखिलानेवाली, विवाह मुण्डन के संगीत-जलसों में किसी पेशेवर बाईजी की-सी अदाकारी से स्त्री-समुदाय को घायल कर देनेवाली यह चंचल चकोरी रात को तकिये में सिर गड़ा फूट-फूटकर रोती है? केवल मैं ही जानती थी कि होंठों की उस स्वाभाविक हँसी के लिए उसे अपने कलेजे की किस टीस पर कैसी बोझिल शिला रखनी पड़ती है।

यह जानकर भी मैं उसका इतना बड़ा अनिष्ट कैसे कर गई? लड़-भिड़कर मैंने क्यों उसे अपने सुझाव की व्यर्थता नहीं समझा दी? पर कहते हैं कि पाप स्वीकार कर लेने पर फिर पाप नहीं रह जाता—आज इसी से एक-एक बात अपनी हठीली स्मृति से उगलवाती चली जा रही हूँ।

मानो का दाम्पत्य जीवन ऐसा ही था, जैसे रेशमी, चमकते पलँगपोश से ढका गूदड़, फटा बिस्तर। यदि कोई निकट जाकर दुस्साहस से पलँगपोश खींच लेता तो उसे बसाते चीकट-चीथड़े देखकर निश्चय ही दो कदम पीछे हटना पड़ता। मैंने यही दुस्साहस किया था, किन्तु मैं दो कदम पीछे न हटकर बड़ी धृष्टता से आगे ही बढ़ती चली गई थी और एक-एक चीथड़े का सही मूल्यांकन मैंने अब पूर्ण रूप से कर लिया था। मानवी शुक्ला और जे.के. के स्वभाव में ही नहीं, दोनों के पितृकुल के रहन-सहन, अदब-कायदों में भी कहीं कोई साम्य

नहीं था। एक का स्वभाव उत्तर था तो दूसरे का दक्षिण। वैसे तो प्रत्येक सुखी दाम्पत्य जीवन के लिए कलह का अस्तित्व भी एक प्रकार से अनिवार्य है। जीवन-भर आकण्ठ प्रेम में डूबे दम्पती कभी वैवाहिक जीवन के सच्चे सुख को नहीं जान सकते। एक न एक दिन उनके इस प्रेम-प्रदर्शन में बनावटी अभिनय का पुट स्वयं ही आ जाता है। जीवन-भर कबूतरों की भाँति चोंच में चोंच दिए गुटरगूँ करना भी भला कोई जीवन है! स्वस्थ राजनीतिज्ञ की ही भाँति पति भी प्रखर विरोधी के अभाव में स्वयं ही कुंठित होकर जड़ हो जाता है। किन्तु मानवी को देखकर मेरी धारणा अब धीरे-धीरे बदलने लगी है। यह तो एक ऐसी जोड़ी थी, जिनका नित्य का कलह कभी-कभी मेरा भी सिरदर्द बन उठता था, उस गृहस्थी का सन्धि-विराम कभी शत्रुपक्ष को आश्वस्त नहीं कर पाता। मानवी के पिता ने कानून घुट्टी में घोलकर पिया था, उसके परिवार के वकीलों ने अपनी दक्ष दलीलों से काँवर भर-भरकर धन बटोरा था। मानवी पिता की मुँहलगी इकलौती सन्तान थी। मातृहीना पुत्री को साहबी शिक्षा दिलाकर, जब साहब ने भावी जामाता जैसे सुनहले सपने देखे थे, उन्हें स्वयं चूर-चूर कर मानवी ने स्वेच्छा से ही प्रौढ़ दुहेजू जे.के. के कंठ में वरमाला डाली थी। जिस व्यक्ति के कठोर व्यक्तित्व पर वह रीझी थी, वही धीरे-धीरे उसके लिए अभिशाप बन बैठा। मानवी को शोख रंगों से लगाव था, और जे.के. लाल रंग देखते ही साँड़-सा भड़क उठता, मानवी को तला-भुना, मिर्च-मसालेदार खाना रुचता था, जे.के. ने शायद पत्नी को ही और चिढ़ाने के लिए, अपनी अपूर्व इच्छाशक्ति से पेट में अल्सर की छोटी-मोटी नर्सरी बना ली थी, अब वह केवल मूँग की दाल और उबली लौकी खाता था। कभी कोई जल्सा होता तो मानवी बड़ा-सा जूड़ा बनाकर बेले का गजरा लगा लेती और फौरन ही जे.के. तुरुप लगा देता—"क्यों, कोठे में बैठने जा रही हो क्या?" बस, उसी क्षण गजरा नोच-नोच, जूड़ा बिखेर, भूतनी-सी बनी मानो कोप-भवन में घुस जाती। एक सेर था तो दूसरा सवा सेर, न जे.के. दबता, न मानो झुकती, इसी से दोनों ही नित्य साँप-नेवले की भाँति तने रहते कि अवसर पाते ही कौन किसे पहले दबोच ले! मुझे तो लगता था कि दोनों के बीच यदि वह चाँद-सी बेबी न होती तो निश्चय ही आपस में दिन-रात खनकते काँच के ये दोनों बर्तन कब के टूट गए होते! विवाह के पूरे पाँच वर्ष के पश्चात् मानो की जीवन-मरुभूमि को वात्सल्य-वृष्टि ने सिंचित किया था। हिरोशिमा की जली-झुलसी भूमि में उपजे प्रथम तृणांकुर की ही भाँति अब वह अर्धमृत, दग्ध दो प्राणों को जीना

सिखा रही थी।

मानो का कहना था कि उसकी सौत की अतृप्त आत्मा ही उसके दाम्पत्य जीवन के नित्य कलह का कारण है। जे.के. के प्रथम और अन्तिम प्यार का प्रतीक बनी उसकी अशरीरी आत्मा उसके जीवन में निरन्तर मँडराती रहती है। न जाने कितनी बार वह मानो को सपनों में आकर चेतावनी दे गई है कि वह एक न एक दिन उससे प्रतिशोध लेकर ही रहेगी।

"वह अब भी उसी की याद में खोया-खोया रहता है। मैं जानती थी कि वह उसे कभी भूल नहीं पाएगा।" उसने एक दिन मुझसे कहा।

"तब उसने तुमसे विवाह क्यों किया?" मैंने पूछ लिया।

''तुम भूल जाती हो," उसकी उदास आँखें अपनी विगत कोर्टशिप की स्मृतियों में रसभीनी हो उठतीं, "विवाह मैंने उससे किया था, उसने नहीं। वह तो किसी गुरु से दीक्षा लेने हरिद्वार जा रहा था।" उस वैराग्य के कारण को भी दुर्भाग्य से मानो जानती थी। उसकी प्रथम पत्नी, रिश्ते में मानो की ही मौसेरी बहन थी। बेहद नाजुक, गोरी, दुबली-सी उस लड़की में असाधारण कुछ भी नहीं था। वह वैसी ही साधारण लड़की थी, जैसे उन दिनों हर हाईस्कूल पास लड़की हुआ करती थी। पर जे.के. उसके पीछे दीवाना था। मानो की वही सौत जे.के. को आठ-आठ पृष्ठ के प्रेमपत्र लिखकर पत्र का आरम्भ और अन्त बड़े कौशल से छिपाकर अंग्रेजी कविताओं के कोटेशन लिखवाने अक्सर मानो ही के पास आती थी, फिर अचानक ही असमय प्रसव ने उसके सुखी वैवाहिक जीवन का अन्त कर दिया। मानो का विवाह हुआ तो लोगों को जे.के. के सौभाग्य से निश्चय ही ईर्ष्या भी हुई होगी, क्योंकि स्वस्थ सुन्दरी मानो का व्यक्तित्व असाधारण था, चेहरा ही नहीं, बुद्धि का कोठा भी ठसाठस भरकर ही वह पति की उजड़ी-वीरान गृहस्थी सँभालने आई थी। यही प्रखर बुद्धि तो उसकी शत्रु बन गई। पुरुष पति-रूप में, पितृकुल के वैभव में, व्यक्तित्व में पत्नी का लोहा मान सकता है, किन्तु बुद्धि में यदि पत्नी का पलड़ा भारी हो तो वह तिलमिला उठता है। एक ही महीने में वह जान गया कि मानो के ज्ञान के भण्डार की तुलना में उसका ज्ञानकोष एक प्रकार से रिक्त ही है, पहली भोली अल्हड़ पत्नी को वह जैसे तर्जनी पर नचा सकता था, इसे नहीं नचा पाएगा। यही नहीं, उसने ज़रा भी ढील दी तो यह विलक्षण युवती उसे चट अपने ही अँगूठे तले दबा देगी। इसी से वह आरम्भ से ही सावधान हो गया। अपने कठोर अनुशासन, गाम्भीर्य एवं अनुकरणीय आदर्श

की अमिट लक्ष्मण-रेखा में अपनी दूसरी पत्नी को बाँधकर, वह स्वयं घेरे से दूर छिटक गया। किन्तु फिर भी मानो ने हार नहीं मानी, अपने गृह-कलह की दुर्गन्ध को वह अपने आनन्दी स्वभाव की अगरु से मिटाकर उड़ा देती, पर मेरे नथुनों को वह छल नहीं पाई। इलाइची खा लेने पर भी क्या लहसुन की तीव्र महक पूर्ण रूप से दब सकती है? प्रायः ही उच्च स्वर में गरज रहे जे.के. का पुरुष कंठ-स्वर बेधड़क मेरी खिड़की से सरकता मेरे कानों में चला आता, और फिर मानो की दबी सिसकियाँ। एक तो उस अनोखी बस्ती में जोड़ों में बने वे फ्लैट गढ़न और दर्शन में एकदम स्यामी जुड़वाँ थे। एक फ्लैट की धड़कन जब किसी दूसरे की धड़कन बन सकती थी, और एक फ्लैट की छींक, खाँसी, निर्लज्ज डकार अनजाने-अनचाहे दूसरे फ्लैट में जाकर कभी भी अपना अवांछित टेप बजा सकती थी।

इसी से उस दिन से जब मानो मुझे दीखती, तब मैं हँसकर उसे छेड़ देती, "क्यों जी, सौत का प्रेत आज फिर आया था क्या?"

वह भी हँसने की चेष्टा करती, पर उसके सुन्दर होंठ काँपकर रह जाते। मैंने एक बार उसे बुरी तरह डाँटा भी था। स्वयं अपने ही मन में एक व्यर्थ अन्धविश्वास का जाल बुनती, वह किसी फूहड़ मकड़ी की भाँति स्वयं ही अपने जाल में फँसकर प्राण दे रही थी।

"कैसा आश्चर्य है मानो," मैंने उसे समझाने की चेष्टा भी की थी, "तुम पढ़ी-लिखी होकर भूतप्रेत और झाड़-फूँक की बातें करती हो।"

न जाने कब उसे उसकी महरी ने बता दिया था कि उसकी मरी सौत उसे दिन-रात सताती है, एक पल चैन से नहीं रहने देती, दिन-रात उसका पति उसे मारता है, इसी से उसने किसी अघोरी नट को सौत का भूत भगाने को देहात से बुलाया है। मानो को फुसलाकर वह पचास रुपये भी ठग ले गई थी।

"कितनी मूर्ख हो तुम मानो," मैंने उसे झिड़क दिया था।

"क्या करती," वह खिसियाए स्वर से कहने लगी थी, "बेचारी बहुत रो रही थी, सुना नट ही मरी सौत से पिंड छुड़या सकते हैं। कल उसे झाड़ने आएगा। दो मुर्गे, एक बोतल शराब, आठ अण्डे और तीस रुपये—यही फीस है उसकी। इसी से तो मैंने दे दिए? चलो मेरी सौत नहीं उतरती, तो किसी की तो उतरे!" वह हँसने लगी।

"छिः-छिः मानो, तुम भी उसकी बातों में आ गईं। देख लेना, पचास रुपये

वह खुद डकार जाएगी!" मैंने कहा।

"नहीं, नहीं, ऐसी बात नहीं है। मैं कल जाऊँगी उसकी झाड़-फूँक देखने। तुम भी चलो न, देखें तो सही, कैसे भागती है उसकी सौत..." और फिर कुछ उसका कुतूहल, कुछ स्वयं मेरा, मुझे भी वहीं खींच ले गया। ताड़ी की भयानक दुर्गन्ध से बसाता वह औघड़ अवधूत पालथी मारकर बैठा था। पास ही सम्मिलित टाँगों के बंधन में बन्दी दो पुष्ट मुर्गे भय से बार-बार फड़फड़ा रहे थे, एक ओर टूटे आठ अण्डों की जर्दी बिखरी पड़ी थी, दूसरी ओर मूँज की झूला-सी चारपाई पर मानो की महरी। हमें देखकर न वह उठी, न उसने अभ्यर्थना का ही आभास दिया। नट की नंगी काली देह, मिट्टी के तेल की हवा में घुप-घुप कर जलती बत्ती और रह-रहकर कमरे में तीव्र होती जा रही ताड़ी की दुर्गन्ध, एक रहस्यमय वातावरण की-सी सृष्टि कर रही थीं। नट ने एक बार हमें लाल-लाल आँखों से देखा, फिर एक चीख मारकर महरी के पास खड़ा हो गया। महरी का चेहरा उसे देखकर ही तमतमा उठा, आँखें कपाल पर चढ़ती-चढ़ती सहसा स्थिर हो गईं और वह एकाएक तनकर नट की ओर मुड़ गई।

"क्यों, जाएगी या नहीं, बोल?" नट ने चीखकर पूछा।

"नहीं!" महरी का दृढ़ स्वर जैसे सात समुद्र पार से तैरता चला आ रहा था।

नट ने क्रोध से काँप-काँपकर फिर पूछा, "सोच ले..."

"सोच लिया," यह तो महरी नहीं जैसे किसी पेशेवर मदारी का जम्बूरा बोल रहा था।

सहसा नट ने उछलकर उसे बड़ी ही बेरहमी से पीटना शुरू कर दिया। मैं सहमकर उठ गई, पर मानो ने मेरा आँचल खींचकर मुझे बिठा ही नहीं दिया, आँखें तरेरकर मूक फटकार भी दे दी। वह स्वयं फिर अचल-अडिग मुद्रा में एकटक नट की हृदयहीन झाड़-फूँक देखने लगी। उसके चेहरे पर ऐसी तृप्ति झलक रही थी जैसे महरी के माध्यम से पिट रही सौत, महरी की नहीं स्वयं उसकी हो।

"क्यों, और परेशान करेगी इसे, बोल? जाएगी कि नहीं?" लपककर उसने अब महरी का झोंटा पकड़कर ऐसे खींचा जैसे वेणी का जड़ से ही उन्मूलन कर छोड़ेगा। ऐसी भयानक मार खाकर भी दुबली-पतली महरी कैसे हँस रही है, यह रहस्य मैं आज तक नहीं सुलझा पाई। उफ! कैसी लात, कैसे सशब्द

थप्पड़ और किसी कद्दावर बाक्सर के-से घातक घूँसे उस गरीब पर पड़ रहे थे, पर वह तो जैसे रुई-भरा निर्जीव गावतकिया बन गई थी। विकृत स्वर में हँस-हँसकर वह कहने लगी, "और का, महारानी बनी हमारे भरतार के साथ राज-पाट कर रही है। तनी पूछो इनसे, कनागत लगे हैं, कभी एक धोती-टिकुली दान करी हैं हमरे नाम पर?" मैंने मानो का कन्धा पकड़कर हिलाया, "चलो मानो, घर चलें, न जाने कैसा लग रहा है।" पर मानो तो जैसे स्वयं किसी ट्रांस की मीडियम बन गई थी। उसका चेहरा एकदम सफ़ेद पड़ गया था, महरी की सौत क्या अप्रत्यक्ष रूप से उसे भी चेतना दे गई थी?

"तब बोल, साड़ी-टिकुली लेकर इसे छोड़ेगी कि नहीं?" नट ने एक घूँसा मारकर उसे नीचे गिरा दिया और वह घूँसा जैसे उसे न लगकर मुझे लगा। तिलमिलाकर मैं उठ गई। छिः-छिः, अब और यह गँवारपन नहीं देख पा रही थी मैं। पर वहाँ मेरे उठने या जाने की चिन्ता ही किसे थी।

"बोल जल्दी, साड़ी-टिकुली लेकर जाएगी या नहीं?" नट ने इस बार चोटी पकड़कर उसे एक गोल चक्कर-सा खिला दिया।

हँ-हँ-हँ कर सौत ने उसे छोड़ने का अस्पष्ट आश्वासन दिया। इस पर नट चीख उठा, "ठीक है, अब मिरच की धूनी लेकर ही मानेगी तू!" फिर वह हमारी ओर मुड़कर बोला, "मेम साब, आप लोग बाहर चली जाएँ, इसे हम मिरचा की धूप देंगे।"

मैं एकदम उठ गई, पर मानो बड़ी अनिच्छा से उठकर बाहर आई थी। उसे झाड़-फूँक ने सचमुच ही बुरी तरह झकझोर दिया था। वह भयत्रस्त स्वर में फुसफुसाई, "मैंने भी तो कभी उसके नाम का कुछ दान नहीं किया, शायद इसी से मेरे पीछे पड़ी है। आज ही जाकर सब सामान लाऊँगी और इसे झाड़ने बुलाऊँगी!"

"नहीं," मैंने कहा, "मैं तुम्हें यह सब कभी नहीं करने दूँगी। तमाशा खड़ा करोगी क्या? जे.के. ही कम है क्या जो इस नट के लात-घूँसे खाओगी?"

उसने सकपकाकर मुझे देखा। तब क्या मुझे पता था कि वह हृदयहीन व्यक्ति कभी-कभी उस पर हाथ भी छोड़ बैठता है?

हाँ, मुझे पता था, दोष मेरा नहीं, जैसा कि मैं पहले भी कह चुकी हूँ, हम दोनों के जुड़वाँ फ्लैट की पारदर्शी दीवार का था।

"तुमने मुझ पर फिर हाथ चलाया? मैं जानती हूँ, तुम पर किसी की दुष्ट आत्मा सवार है," मानो का सिसकियों से काँपता कंठस्वर अर्धरात्रि की

स्तब्धता को चीरता, सीधे मेरे शयनकक्ष में चला आया था। किन्तु दूसरे दिन, उस उत्फुल्ल चेहरे पर रात्रि-कलह की एक रेखा भी मुझे ढूँढ़ने पर नहीं मिली थी। सन्ध्या को, दोनों को एकसाथ घूमते देख मैं, दंग रह गई थी। तब क्या दोनों किसी नाटक का रिहर्सल कर रहे थे? कैसी विचित्र जोड़ी थी यह!

इसी से, उस वैचित्र्य के चौखटे में सहसा मढ़ गया, तीव्रनयना चाँद का चमकता चेहरा मुझे बार-बार शंकित करने लगा। यह ठीक था कि, क्रोधी जे.के. के दुर्द्धर्ष व्यक्तित्व-दर्पण में किसी भी सुन्दरी का मुखारविन्द कभी प्रतिबिम्बित नहीं हो सकता था। पर चाँद सुन्दरी होती, तो मुझे कोई चिन्ता न थी, उसकी अटी-सटी देह, केवल प्रेयसी की देह थी। उसका असंवृत अंचल, कहीं पत्ता न हिलने पर भी, किसी अदृश्य हवा के झोंके में स्वयं ही उड़ता रहता। चलते-फिरते, उठते-बैठते, उन मदालस नयनों की दृष्टि प्रणयी पुरुषों को किसी मदनोत्सव के निमन्त्रण-पत्र बाँटती चली जाती थी। वह सड़क पर निकलती, तो स्त्रियाँ घृणा से आँखें फेर लेतीं, पर राह-चलते पुरुषों में से शायद ही कोई ऐसा निकलता जो उसे एक बार मुड़कर न देख लेता। यह सब मैं नित्य ही, न चाहने पर भी अपनी खिड़की से देख लेती थी। इसी से मानो को मैंने एक बार फिर समझाया—"मानो, मैं मानती हूँ कि जे.के. पर तुम्हारा पूर्ण विश्वास है, पर मैंने इस छोकरी की एक-एक कुटिल चाल इसी खिड़की से देखी है।"

"ओह," मानो हँसी, "क्यों जी, तुम क्या सोचती हो, उस घिनौनी सूरत पर कोई पढ़ा-लिखा सम्भ्रान्त व्यक्ति भी रीझ सकता है!"

"पुरुष केवल चेहरे पर ही नहीं रीझता मानो। देखती नहीं, उस साँचे में ढली काली देह में केवल नारीत्व है, और कुछ नहीं! चेहरे के सौन्दर्य से देह के सौन्दर्य का आमन्त्रण पुरुष के लिए कहीं अधिक घातक सिद्ध हो सकता है, समझी?"

पर वह समझने के मूड में ही कहाँ थी? दूसरे ही दिन, मेरे पार्श्व के फ्लैट में चाँद की धौत चन्द्रिका छिटक गई। फिर तो नित्य ही मानो चाँद-पुराण लेकर बैठ जाती, "भई, गजब की गुणी लड़की है। देखने में भले ही लोहा हो, गुणों में तो खरा सोना है, चाहे किसी जौहरी की कसौटी पर कसवा लो। क्या बताऊँ तुम्हें, मुझे तो बिस्तर से ही नहीं उठने देती। आते ही धोबी बन्द करा दिया, बोली, 'मेम साब, आप थोड़ा अरारोट मँगा दीजिए, धोबी से बढ़िया कलफ दूँगी' और इस्तरी? कहती है, उसकी ननिहाल धोबियों के मुहल्ले में

थी, इसी से बचपन में ही इस्तरी करना सीख गई थी। क्या इस्तरी करती है छोकरी! एकदम धोबियों का मुँह मारती है। और खाना? बस भई, अब खाने का स्वाद तो कहकर नहीं बताया जा सकता, कल तुम मेरे साथ खाना खाओ और तब बतलाना कि मेरा चाँद असली है या नकली।''

मैंने उसका निमन्त्रण स्वीकार कर लिया, और जब दूसरे दिन खाना खाने पहुँची, तब उसके फ्लैट का कायापलट देखकर दंग रह गई। फर्श ऐसा चमक रहा था कि मुँह देख लो। बचपन में मैंने राजा-महाराजाओं के दरबार-हॉल के फर्श को अंग्रेज रेज़िडेंट और उनकी मेम साहब लोगों की अगवानी में, बियर की खाली बोतलें घिस-घिसकर ऐसे ही चमकाए जाते देखा था, वैसा ही कुछ किया था क्या इसने? पहले जब भी मानो के यहाँ गई थी, बेतरतीबी से फैली अव्यवस्था ही देखने को मिली थी—कहीं फटी पत्रिका, कहीं पुत्री के बिखराए कौमिक का स्तूप, कहीं उलटी पड़ी चप्पल और कहीं आलसी-लापरवाह गृहस्वामिनी की ही भाँति पसरी पालतू बिल्ली। पर आज तो उसी गृह-सज्जा को देखते ही गृहस्वामिनी के हाथ चूमने को मैं ललक उठी, "किसके हाथ का चमत्कार है आज यह मानो, तुम्हारा या..." मैं कह भी नहीं पाई थी कि "चाँद का!" कह उसने हँसकर मुझे बीच में ही टोक दिया। फिर मुझे हाथ पकड़कर एक नीची मूँज की रंगीन खटोली पर बिठाकर बोली, "यह खटोली भी चाँद आज अपने घर से उठा लाई। कहने लगी, वहाँ पड़ी-पड़ी सड़ रही है, आपके टेबल-लैम्प से मेल खाएगी।"

"क्यों, किसी इंटीरियर डेकोरेशन का कोर्स किया है इसने?" मैंने आश्चर्य से एक बार फिर पूरे कमरे को अपनी चकित दृष्टि से टटोला।

"भगवान जाने!" वह फिर हँस-हँसकर कहने लगी, "पर क्या बताऊँ तुम्हें, लाखों में एक है लड़की। ऐसा बढ़िया तेल ठोकती है कि आँखें मुँदने लगती हैं—लगता है सिर पर हाथ नहीं, दो बड़ी तितलियाँ उड़ी जा रही हैं।"

"मेरी कमबख्त," मैंने उसके कन्धे पकड़कर झकझोर दिया, "जे.के. की गंजी चाँद पर इन तितलियों को मत उड़ने देना, समझीं?"

मानो ठठाकर हँस पड़ी। जे.के. दौरे पर गया था, इसी से उसकी हँसी में एकांत अरण्य में बह रहे निर्झर की-सी मिठास थी। इसी बीच, चाँद अनन्नास के जूस के दो लम्बे हिमशीतल गिलास लेकर आ गई।

"यह जूस भी चाँद ने आज ताजे अनन्नास का बनाया है। इसका कहना है, बाज़ार के शर्बतों की नकली तुरसी गला खराब करती है। इसने किसी

टॉमस सहाई की मेम से सिरप, जूस, सौस, पिकल सबकुछ बनाना सीखा है—क्यों, है न चाँद?"

चाँद अपनी सजीली ग्रीवा को झटकती, लज्जा का अपूर्व अभिनय करती भीतर चली गई।

"ओफ, तुम और तुम्हारी चाँद! अब शायद तुम कहोगी कि यह अनन्नास भी तुम्हारी चाँद ने तुम्हारे किसी गमले में उगाया था..." मेरी बात सुनकर मानो जोर से हँस पड़ी, फिर मेरा हाथ पकड़कर बोली, "अच्छा, सच-सच कहना, तुम्हें चाँद में कुछ फ़र्क लगा या नहीं?" मैं क्या कह सकती थी भला? जब से वह हमें जूस थमाकर गई, मैं यही तो सोच रही थी—यह क्या वही चाँद थी? न ही नित्य का नियमित विलसित चोलिका, न ग्रीवा पर उठकर सिमट गई उत्तरीय की यवनिका, न आँखों में वह बिजली, न चाल में वह लटका। दहकते अंगारों पर जैसे किसी ने पानी डाल दिया था। गर्दन का यह झटका भी तो मेरा नित्य का परिचित वह झटका नहीं था जिसे देखकर आकाश के नक्षत्र खिसक-खिसक पड़ते थे। नई ताँत की ऊँची बँधी साड़ी में वह बंगाल के किसी प्रगतिशील नाट्यमंच पर अवतरित, सरल संथाल किशोरी का पटु अभिनय कर रही अभिनेत्री ही अधिक लग रही थी। ढीला जूड़ा, जूड़े पर लगे घुंघरूदार गिलट के काँटे और गले में चाँदी की जंजीर। न काले अधरों पर गूढ़ कुटिल हास्य की रेखा थी, न चंचल चितवन में शरसंधान का सामान्य-सा भी आयोजन।

"खाना लगा दूँ मेम साब!" उसने बड़ी नम्रता से पूछा।

"हाँ, हाँ, लगा दे," मानो ने कहा, "जरा दिखा दे अपने हाथ का चमत्कार!"

सचमुच ही, उन काले-कलूटे हाथों के चमत्कार ने फिर मुझे चमत्कृत कर दिया। लगता था, किसी खाद्य-प्रतियोगिता में सजे, विभिन्न प्रदेशों के रुचिकर व्यंजनों का परिवेशन चतुर पारखियों की प्रतीक्षा कर रहा था। कहीं दक्षिणी इडली-डोसा थे और कहीं गुजरात के ढोकला और कश्मीरी कोफ्ते।

"यह सब क्या चाँद ने बनाया है?" मैंने आश्चर्य से पूछा।

"हाँ जी, हाँ, और कौन खानसामा बैठा है यहाँ!" हँसकर मानो ने मुझे प्लेट थमा दी। "तब ही तो हर घड़ी, हर पल तुम्हें धन्यवाद देती रहती हूँ। न तुम मुझे चाँद-सी चतुर पाचिका रखने का सुझाव देतीं, न हमें यह सब चखने को मिलता—अब देखो न, अनुभव तो इसका विस्तृत है। ब्रिगेडियर

कौल के यहाँ चार महीने रही, वहीं से ये कोफ़्ते सीख आई। न लहसुन, न प्याज–बस हींग, और दही। जीभ पर धरो तो बताशा। कौन कहेगा बकरे का गोश्त है–लगता है पंचतत्व प्राप्त कर कोई स्वादिष्ट मुर्गा ही अपना प्रसाद थमा गया है!"

सचमुच ही गजब का रस था छोकरी के हाथ में। आमिष ही नहीं, निरामिष व्यंजनों में भी उसने अमृत घोलकर रख दिया था। "ऐसी इडली तो मद्रास में भी नहीं खाई चाँद!" मैंने हँसकर कहा।

"खाओगी भी कैसे," चाँद की मुग्धा स्वामिनी स्वयं ही उसके क्रेडेन्शियल्स मुझे थमाने लगी, "हमारी चाँद, चार महीने सुब्रह्मण्यम के यहाँ जो रही है, वहीं से इडली, डोसा, उपमा, साम्बर सब बनाना सीख आई है, फिर तीन महीने मि. नागर के यहाँ रही, इसी से तो हमें आज ये अपूर्व ढोकला मिला है खाने को!"

पर मैं पूछना चाह रही थी कि आखिर ऐसी गुणी पाचिका को कुछ ही महीनों की अवधि में कार्यमुक्त क्यों कर दिया जाता था? पर हँसती चाँद इसी बीच मिट्टी के दो सकोरों में ठंडी, केवड़ा पगी फिरनी ले आई।

"यह बनाना किससे सीखा चाँद?" मैंने हँसकर पूछा।

"जी, अपनी अम्मी से," वह आँचल में मुँह ढाँपकर फिक-से हँस पड़ी।

ओह, मैं तो भूल ही गई थी कि वह यवन-दुहिता है, फिरनी तो वह अपनी अम्मी से सीख सकती थी। खाने के बाद वह किसी मुगल दरबार की शाही बाँदी की ही शिष्ट शालीनता के साथ, एक चाँदी की तश्तरी में, वर्क में लिपटी चार गिलौरियाँ ले आई। सुवासित पीक गुलगुलाती मैं घर लौटी तो सचमुच ही मानो के सौभाग्य पर ईर्ष्या होने लगी। यहाँ रोज वही, एक सूखी और एक रसेदार सब्ज़ी की नीरस डुबकी में दिन गुज़र रहे थे। उधर एक ही दीवार के पीछे मानो कैसे-कैसे, अलभ्य व्यंजनों का आनन्द ले रही थी! काश, मैंने ही रख लिया होता छोकरी को! धोबी का खर्चा बन्द, स्कूल का खाना पहुँचाने में सचिवालय के ठसकेदार चपरासी के नखरे सहना बन्द, झाड़ू-पोंछा लगाने के रेट इधर अचानक ही महरियों ने बढ़ा दिए थे। इसी से वह सब भी खुद ही करना पड़ता था, और उसे निबटाने में कभी शवासन और कभी मयूरासन की मुद्रा में पूरी देह टिटेनस के रोगी की ही भाँति ऐंठकर रह जाती थी। चाँद को रख लिया होता, तो वह पीर-बावर्ची-भिश्ती-खर सब बन सकती थी। एक यही भय तो रहता कि वह दुस्साहसी सिंहिका, पुरुषमात्र के छायाग्रास को ग्रस

कर उदरस्थ कर लेती है, पर ऐसी गुणी सेविका का यह अक्षम्य अवगुण भी शायद उसके असंख्य गुणों के सम्मुख नगण्य ही लगता।

दूसरे दिन, पति के दफ़्तर जाने के बाद नित्य के नियमानुसार मानो मुझसे मिलने आई।

"क्यों कैसी लगी हमारी नई मेड-इन-वेटिंग!" उसने हँसकर पूछा।

"सच, गजब की लड़की है भई, अब तो मैं पुरुषों को दोष नहीं देती...पर यह तो बताना मानो, तुमने इंसकी सजधज में कौन-सी जादुई छड़ी फेर दी?"

"मतलब?" मानो ने हँसकर पूछा।

"अरे भई, मतलब यह कि..." मैं एक पल को स्वयं ही घबरा गई।

पर वह अचानक स्वयं ही समझकर ज़ोर से हँस पड़ी।

"ओह, समझी...जानती हो," वह फुसफुसाकर कहने लगी, "ऐसा कुछ भी नहीं पहनती अभागी, उसकी गढ़न ही ऐसी बेतुकी है। मैं भी यही समझती थी कि शायद वह सस्ते पैडेड ब्राज खरीद लाई होगी कहीं से। पहले तो समझ में नहीं आया, कैसे उससे कहूँ, पर फिर एक दिन मौका देखकर मैंने उसे चौके के एकान्त में ही घेर लिया 'देखो चाँद,' मैंने कहा, 'आज तक बात दूसरी थी, तुम अब हमारे यहाँ रहती हो, तुम्हें अपना ओढ़ना-पहनना, खाना-पीना, उठना-बैठना भी हमारे घर के साँचे में ढालना होगा। मैं तो छुआछूत नहीं मानती, पर कभी जात-बिरादरीवाले आ गए तो तुम्हारा चूड़ीदार गरारा देखकर भड़क जाएँगे। मैं तुम्हें कल ही दो पेटीकोट-साड़ी-ब्लाउज़ ला दूँगी—वही पहनना, अच्छा!' "

"जी मेम साब," उसने ऐसी भोली अदा से कहा कि उसके जिस मिनी परिधान की मैं कड़े शब्दों में आलोचना करने आई थी, वे मुँह ही में घुलकर रह गए। शायद मैं कुछ कह भी न पायी, पर अचानक मेरी दृष्टि उसके चेहरे से फिसलकर नीचे अटक गई। नहीं, नहीं, मुझे कुछ कहना ही चाहिए, सोचकर मैंने हिम्मत की, "देखो चाँद," मैंने फिर फुसला-फुसलाकर उससे स्पष्ट शब्दों में कह ही दिया, "तुम जो यह सब पहनती हो न, इसे भले घर की लड़कियाँ नहीं पहनतीं।"

"क्यों मेम साब?" उसके सरल प्रश्न की निर्दोष खनक मुझे चौंका गई। वह ऐसे गर्दन मोड़कर मुझे देख रही थी जैसे सहसा चौंकाया गया निर्दोष शिशु माँ का स्तन छोड़कर किसी को देखता है।

मैं एक पल को हकबका गई, पर फिर मुझे साफ-साफ कहना ही पड़ा।

"ओह!" वह हँसी, और जानती हो उसने क्या किया?

"क्या?" मैंने पूछा।

"एकदम कुरती उठाकर टौपलेस बनी मेरे सम्मुख खड़ी हो गई।''

"मैं तो कुछ भी ऐसा नहीं पहनती, मेम साब!'' उसने कहा, पर उसके चेहरे पर एक शिकन भी नहीं आई। लज्जा से माथा कट गया मेरा।

"लोग हज़ारों रुपये खर्च कर विदेश जाते हैं 'ओ कैलकटा' देखने," मैंने व्यंग्य से हँसकर कहा, "और तुमने बैठे-बिठाए मुफ़्त में ही वह नाटक देख लिया।"

"तुम्हें तो मज़ाक ही सूझता है।" मानो इस बार झुँझला उठी, "पर तुम्हीं बताओ अब, वह जो एन.सी.सी. के जवानों की भाँति सीना तानकर चलती है, उसमें दोष उसका है या स्वयं विधाता का? उसकी इस बेजोड़ देह का सौन्दर्य निश्चय ही उसे एक अनोखा माडल बना सकता है। विदेश जाने पर शी कैन अर्न डॉलर्स।"

"तब उसे यहीं मॉडल क्यों नहीं बना देतीं?" मैंने हँसकर कहा, "आजकल तो सम्भ्रान्त गृहिणियों में 'बोटीक' खोलना एक फैशन-सा बन गया है। हमारा देश क्या अब इस बात में विदेश से कुछ कम है? काली मॉडल को यहाँ भी मान्यता मिलने लगी है मानो। आए दिन तो हमारी फैशन-पत्रिकाओं में जनाने कपड़ों में कवायद कर रहे जनखे-से छोकरे और चुस्त मर्दानी तगनिया कमीजों के काली-कलूटी हाथ-पैर फैलाए भूतनी-सी मॉडल तो छपती ही रहती हैं। पर एक ही बात है..."

"क्या?" मानो ने कान खड़े कर लिए। लग रहा था, उसे मेरा मौलिक सुझाव सचमुच ही प्रभावित कर गया है।

"यही कि चाँद किसी पत्रिका में छपी और उसका सम्पादक कहीं यदि दुर्भाग्य से पुरुष हुआ तो बस फिर उसका राम ही रखवाला रहेगा।" मैं हँसने लगी।

"ओह! तुम तो बेचारी के पीछे हाथ धोकर ही पड़ गई हो! ऐसी नहीं है चाँद, मुझे बेबी की देखादेखी अब खुद भी मम्मी कहने लगी है। अब तुम्हीं बताओ, उस रिश्ते से जे.के. भी उसका पापा बना या नहीं?"

मैं एक लम्बी साँस खींचकर चुप रह गई, कैसे समझाती उसे कि अपने सगे पापा को छोड़, संसार का कोई भी पुरुष उसका पापा कभी नहीं बन सकता।

इसके बाद ही, अचानक ठीक तीसरे दिन घबराई मानो ने मेरा द्वार खटखटाया।

"क्या बात है मानो?" मेरे पूछते ही वह रोने लगी। मेरा कलेजा डूब गया–हो न हो, वही मनहूस चाँद अब अपनी उस उदार सरला गृहस्वामिनी को ही ले डूबी होगी।

पर मेरे अनुमान का ढेला इस बार गलत निशाने पर लगा।

"डैडी की तबीयत बहुत खराब है," वह आँखें पोंछकर कहने लगी, "थ्रम्बोसिस के दौरे में अचेत पड़े हैं, वह भी एकदम अकेले, मैं आज ही जा रही हूँ।"

"बेबी को मेरे पास छोड़ जाओ, जे.के. का खाना भी यहीं से चला जाएगा," मैंने कहा।

"नहीं, नहीं, चाँद तो यहीं है, वह सब सम्हाल लेगी। पहले मैंने भी सोचा था कि बेबी को यहीं छोड़ जाऊँगी, पर तुम तो जानती हो, डैडी की जान ही इसमें बसी है। कहीं होश आते ही इसी के लिए छटपटा उठे, तब फिर कौन इसे यहाँ से ले जाएगा?"

"और जे.के.?" मैंने पूछा।

"उसका जाना तो असम्भव है, देख तो रही हो–नई मिनिस्ट्री के भी प्राण आजकल कंठागत हैं, ऐसे में वह जा ही कैसे सकता है! पर मुझे वैसे भी उसके खाने-पीने की चिन्ता नहीं। कल से नवरात्र हैं, फल-दूध छोड़कर वह कुछ लेता नहीं। गैस है ही, दूध उबाल लेगा, झाड़ू-पोंछा, कपड़े धोना, हाट-बाज़ार सब चाँद करती रहेगी।"

मैं जैसे आकाश से गिरी! कहती क्या है अभागी? तब क्या यह सचमुच ही सिंहनी की माँद में, अपने हाथों अपने निरीह पति को ढकेल रही थी?

"मैं चलूँ, दिल्ली भी प्लेन से जा रही हूँ। वहाँ से दुबारा प्लेन लूँगी," वह उतावली में सीढ़ियाँ फाँदती चली गई।

उसके पिता अफ्रीका-प्रवासी, लक्षाधिपति गुजराती उद्योगपतियों के प्रमुख वकील थे। दूसरे दिन, पाँच बजे चाँद मुझे चाबी देने आई।

"डेरी से दूध ला उबालकर रख दिया है मेम साब, फल भी धोकर मेज़ पर लगा दिए हैं। साहबजी बड़ी देर में दफ्तर से लौटते हैं, इसी से मम्मी कह रही थीं, घर बन्द कर चाबी आपको दे जाया करूँगी।"

मुझे चाबी देकर वह गई तो मन हल्का-सा हो गया। चलो पाप कटा, अब

चाहे कहीं जाकर अपना मुँह काला करे। हमारी बस्ती के किसी विश्वामित्र की मेनका तो नहीं बन पाएगी।

जब जे.के. चाबी लेने आए, तब मैंने कहा--"आपका उपवास है, खुद चाय बनाकर पिएँगे—पानी उबला तैयार है, आप बैठें, मैं एक कप चाय बना लाती हूँ।"

"नहीं, नहीं," घबराकर महासंकोची जे.के. ने चाबी ले ली, "चाय तो मैं वैसे ही नहीं पीता, फल खाकर दूध पी लूँगा।"

दूसरे दिन, चाँद फिर चाबी देने आई तो मैंने कहा,"अरी तेरे साहब रोज़ फल खाते हैं, आलू-वालू क्यों नहीं उबाल देती?"

"आजकल साहबजी के रोज़े हैं, मेरे हाथ की बनी सब्जी भी नहीं खाते," उसने कहा, और 'रोज़े' सुनकर मुझे हँसी आ गई।

'चलो,' मैंने मन-ही-मन कहा, 'इस संसार में कम से कम एक पुरुष को तो इसके स्पर्श से परहेज है।' पर उसी क्षण, मुझे वर्षों पूर्व पहाड़ी दूरन्त पगडंडी में, यवन प्रणयी के संग छिपी उस भोली हिन्दू रूपाजीवा का अल्हड़ अनुरोध स्मरण हो आया। मैं डाँडी में जा रही थी, तमसावृता शीतार्त रात्रि में, न जाने किस देवदारु के नीचे ठिठुरती, अपने विजातीय प्रेमी से वह कह रही थी, 'और जो करो मुसलिदाज्यू मेरा मुँह मत चूमना, आज मेरी एकादशी है!' कहीं ऐसे ही प्रणयभीने अनुरोध ने संयमी जे.के. को भी बाँध लिया तब?

चौथे ही दिन मैंने देखा, चाँद अपनी साड़ी की अस्वाभाविक केंचुली उतार, एक बार फिर अपने घुमेरदार गरारे में उतर आई है। होंठों पर वही कुटिल स्मित और सस्ती लालिमा, और ओर-छोर सुवासित करती, आटो दिलबहार की वैसी ही मादक सुगन्ध। मेरी खिड़की के नीचे लगी पत्थर की बेंच पर आ बैठी वह निःशंक बीड़ी फूँक रही थी। मैं चुपचाप पीछे खिसक गई। एक घंटा भी नहीं गुजरा था कि किसी ने घंटी बजाई। द्वार खोला तो हाथ में चाबी लिए चाँद खड़ी थी। उसका श्रृंगार आज विशेष रूप से मारात्मक लग रहा था। दोनों चोटियों पर सर्चलाइट-से चमकते दो सूरजमुखी के फूलों की पीताभ छाया उस करालवदना के चेहरे को और भी काला बना रही थी, जैसे आबनूसी चौड़ी तश्तरी को, किसी ने वैक्सपाल से चमका दिया हो। सस्ती सुगन्ध से मेरा माथा चकरा गया। लग रहा था बंगलौरी अगरबत्ती का पूरा बंडल ही सुलगाकर किसी ने मेरी नाक के नीचे रख दिया है।

"आज इतनी जल्दी डेरी से दूध कैसे मिल गया!" मैंने कुछ रुखाई से ही

पूछा।

"जी, कल ही दूध की दो बोतलें लेकर फिरिज में रख दी थीं। हमारे मौसिया आए हैं, पिच्चर देखने ले जाएँगे, साहब जी से कह दिया था।" मैं चाबी लेकर द्वार बन्द करने ही जा रही थी कि मेरी दृष्टि उसके प्रतीक्षारत बाँके मौसिया पर पड़ गई। जिस मुग्ध दृष्टि से उसका वह रिक्शाचालक मौसियाँ सीढ़िया उतरती उस स्वप्न-सुन्दरी को देख रहा था, उसमें और जो कुछ भी हो, बुजुर्ग मौसिया का स्नेह कदापि नहीं झलक रहा था। फिर तो एक-एक कर उसके नित्य नवीन मौसिया, फूफा और जीजा उसे बारी-बारी से 'पिच्चर' ले जाने लगे। उधर मानो की कोई खबर ही नहीं थी।

एक-एक कर तीन महीने बीत गए और वह नहीं लौटी। एक दिन उसकी लम्बी चिट्ठी आई तो मैं खिल उठी। 'वह अभी नहीं लौट पाएगी, ऐसा ही उसने लिखा था। पिता की अवस्था अब चिन्ताजनक नहीं थी, किन्तु उस झटके ने उन्हें अपंग बनाकर छोड़ दिया था। इसी से रुग्ण-असहाय पिता को विदेश में छोड़ वह आ भी कैसे सकती थी! स्वदेश आने को पिता तैयार नहीं थे। उनकी देखभाल की समुचित व्यवस्था करके ही मैं आ पाऊँगी। फिर ऐसी चिन्ता भी नहीं है, उसने लिखा था, उनके खाने-पीने की व्यवस्था का तो प्रश्न ही नहीं उठता, तुमने ऐसी 'हीरे का टुकड़ा' नौकरानी दी है, तुम्हारा ऐहसान जीवन-भर नहीं भूलूँगी। वह न होती तो कभी ऐसे पैर फैलाकर मायके में पसर पाती? वह तो मेरी गृहस्थी मुझसे भी अच्छी चला रही होगी—क्यों, है न?'

ठीक ही लिखा था उस मूर्खा ने। चाँद सचमुच ही उसकी गृहस्थी को, उससे भी सुचारु रूप से संचालित कर रही थी। जे.के. के पिचके प्रौढ़ कपोलों पर मांस की परतें चढ़ गई थीं। दफ्तर जाने लगते तो उनकी फाइल लेकर चाँद किसी अनुभवी ऐंग्लोइण्डियन सेक्रेटरी की भाँति कार में लगा जाती, कभी भागकर मेज़ पर छूट गया कलम साहब को थमाती, कभी चश्मा। पहले मानो कई बार मेरे पास आकर बिसूरती थी कि जे.के. दिन डूबे दफ़्तर से लौटता है, फिर क्या इष्ट-मित्रों के बीच उठने-बैठने का समय रह जाता है? मैं उसे लाख समझाती, 'मानो, सचिव-अनुसचिव की पत्नियों को तो सदा ही 'प्रोषितपतिका' का जीवन जीना पढ़ता है,' पर उसकी वही फटीचर गँवारू दलील मुझे झुँझला देती, 'तुम नहीं जानतीं, सौत का प्रेम उसे चार ही बजे दफ़्तर से घर खींच लाता था?' यही नहीं, मुझे तो इधर जे.के. की खल्वाट चिकनी चाँद में ठूँठ वृक्ष पर वसन्तागमन में उग आए नए-नए कोंपलों के-से

नवीन सगुच्छ की सन्दिग्धपूर्ण कालिमा भी दिखने लगी थी। कहीं यह मायाविनी चाँद की चम्पी का चमत्कार तो नहीं था? पर नवरात्र के उस स्निग्ध पावन ब्राह्ममुहूर्त में, उस शान्त कंठस्वर की अनेक आवृत्तियाँ मुझे फिर आश्वस्त कर उठतीं। मेरी उस पारदर्शी दीवार को भेदता जे.के. का मधुर कंठस्वर, मेरे कमरे में भी जैसे हवन की पावन धूम्ररेखा बिखेर देता–

'ऊँ शुभ्रवर्णशिवारूढायै नमः, ऊँ मुण्डमालासविभूषणायै नमः,
'ऊँ कल्पवल्लीवनस्थितायै नमः, ऊँ स्मशानमध्यजायै नमः।'

जिस गृह में, इस पवित्र अष्टोत्तर का नित्य जप होता हो, वहाँ भला कौन-सी डाकिनी जीवित रह सकती थी? मेरी तो आज भी यह दृढ़ धारणा है कि जे.के. का शतमुखी विनिपात निश्चय ही उस गृह की चहारदीवारी से बाहर ही हुआ होगा।

उसी दिन महरी ने आकर मेरे सन्देह की पुष्टि कर दी।

"बहूजी!" मुझे एकान्त कोने में खींचकर वह फुसफुसाई, "आप बहूजी को लिख दें, जल्दी चली आएँ।"

"क्यों?" मैंने सबकुछ समझकर भी अनजान बनकर पूछा।

"अब का कहीं बहूजी–ऊ मुँहझौसी पटरानी बनी बैठी है!" वह और भी धीमे स्वर में फुसफुसाई।

"क्या कहती हो महरी!" मैंने अविश्वास से कहा, पर शायद मेरा स्त्रियोचित कुतूहल मेरी आँखों में झलक उसे और भी प्रगल्भा बना गया।

"हाँ बहूजी, राम कसम! आज हम पानी भरने एकदम चौके में चली गई, साहब खाना खा रहे थे और पटरानी मेज़ पर बैठी, हँस-हँसकर बतिया रही थीं।"

"कौन?" अब मेरा फूहड़ प्रश्न अपढ़ महरी को झिंझोड़ गया।

"अउर कौन, उही चन्दा सहजादी!" उसने होंठ बिचकाकर कहा।

मुझे काटो तो खून नहीं, तब क्या बात सचमुच ही यहाँ तक बढ़ गई थी?

"आप आज्जै चिट्ठी छोड़ दें बहूजी, ई बेहूया तो का पता अउर कितना घर बरबाद करिहै..."

यह महरी क्या अकेली, हम दोनों की महरी थी? आठ गृहों की यह सम्मिलित चेरी घर-घर का जूठन साफ़ भी करती थी और कभी वही जूठन उसी तत्परता से इधर-उधर बिखेर भी देती थी, इसी से चन्दा शहज़ादी की चोरी और सीनाजोरी की खबर निश्चय ही उन आठों परिवारों की चूरन-चटनी

बन जाएगी। फिर मूर्ख जे.के. को क्या अपनी ऊँची नौकरी का भी भय नहीं रहा होगा? नया मन्त्रिमंडल, एक से एक रौबीले लाल दहकते अंगारे-से ऊँचे अफ़सरों को अपने न्याय-चिमटे से पकड़-पकड़कर आए दिन पानी में बुझा, दायें-बायें फेंक रहा था। किसी दुश्मन ने चुगली खा दी तो बच्चू को मिनटों में नौकरी से हाथ धोने पड़ेंगे। नहीं, अब देरी करना ठीक नहीं था। एक सखी के नाते, मेरा यह कर्त्तव्य था कि मैं मानो को अविलम्ब दुर्घटना-स्थल पर पहुँचा दूँ चाहे उसका दाम्पत्य जीवन फिर चिता ही क्यों न चढ़े, मरने से पहले मुँह तो देख लेगी अपने सौभाग्य का। मैंने अपनी कहानियों में आज तक ऐसे प्रसंगों की न जाने कितनी बार सहज सृष्टि की है। पति का विश्वासघात मेरी लेखनी के लिए अछूता विषय नहीं है, किन्तु मानो को पत्र लिखने बैठी तो पहली बार, मुझे ऐसा लगा कि मेरी लेखनी का शैथिल्य मुझे भी निष्प्राण कर उठा है। मैं हाथ की कलम को तोड़-मरोड़ ही रही थी कि चाँद आकर खड़ी हो गई।

"क्या बात है, आज भी तुम्हारा कोई मौसिया 'पिच्चर' दिखाने आया है क्या?" मैंने व्यंग्य से हँसकर पूछा। जी में आ रहा था कि एक झापड़ मारकर कलिया का मुंड उत्तर से दक्षिण दिशा को मोड़ दूँ। बेहया—सस्ती औरत!

"जी नहीं, मेम साब शाम को आ रही हैं और अभी-अभी घर से खबर आई है कि हमारी भौजाई को दस्त हो रहे हैं, फौरन अम्मा को लेकर देहात चली आओ...।"

उसकी विपन्न मुद्रा देखकर शायद मैं प्रभावित भी हो जाती, पर मैं जानती थी कि अपनी विधवा दुराचारिणी जननी की वह एकमात्र सन्तान है। तब यह भाई ससुरा अचानक कहाँ से जन्मते ही ब्याह कर बैठा!

"क्या तुम्हारी सगी भौजाई है?" मैंने कठोर स्वर में पूछा।

"जी एकदम सगी," उसने कहा। मैं समझ गई, उस काल्पनिक भौजाई का हैजा भी परिस्थितिवश गढ़ी गई कलूटी के कलुषित मस्तिष्क की खोखली उड़ान-भर थी।

"आप चाबी रख लें, तबीयत ठीक होते ही हम लौट आएँगी।" वह मुझे चाबी थमाकर एक प्रकार से दौड़ती चली गई।

मैं जानती थी, वह कभी नहीं लौटेगी। इधर जे.के. भी तो बौरा गया था। बदनाम माँ-बेटी की इस जोड़ी के लिए उसने अपना गेस्टरूम ही खोल दिया था। लाख चिकें डाल, ऐसी बातें कहीं छिपाए छिपती हैं? चाँद के जाते ही

जे.के. ने माँ-बेटी के अस्थायी आवास से उनका रहा-सहा सामान भी उठवाकर बड़े ही कौशल से बाहर कर दिया। किसी जन्मजात हत्यारे की भाँति फिर उसने रक्त के एक-एक छींटे को ही रगड़कर नहीं मिटाया, जल्दी-जल्दी में छूट गई एक-आध चूड़ीदार चुन्नी को भी जला दिया। जब यह होली जल रही थी, तब ही सी.आई.डी. को भी मात देती महरी वहाँ पहुँचकर यह खबर दे गई थी। मैंने मौका देखकर महरी की मुट्ठी गर्म कर दी। जैसे भी हो, अपनी सखी के इस दुर्भाग्य-प्रकाश को प्रेस में जाने से पूर्व ही नष्ट करना मेरा कर्त्तव्य था।

"तुम यह सब किसी से मत कहना महरी।" मैंने कहा, किन्तु स्त्री होकर मैं क्या किसी दूसरी स्त्री के लिए किए गए इस अनुरोध की व्यर्थता नहीं समझती थी? संसार की कौन-सी स्त्री भला इस कठिन अनुरोध को अन्त तक निभा सकती है? अपने आठों बच्चों के साथ उनके अकर्मण्य पिता की भी कसमें खाती, महरी दस का नोट लेकर चली गई—प्राण रहते, वह यह सब किसी से नहीं कहेगी।

मानो आते ही भागकर मुझसे मिलने चली आई थी, "क्यों कैसी लग रही हूँ मैं, मोटी होकर लौटी हूँ न मायके से?" वह हँसी, पर मैं नहीं हँस सकी। वह क्या जान पाएगी कि जिस प्राणों से प्रिय अँगूठी को वह यहाँ छोड़ गई थी, उसकी अनुपस्थिति में उसके हीरे-नगीने को ही किसी वंचक ने बदल दिया है? वह सचमुच ही मोटी होकर लौटी थी, चेहरे का पीलापन चला गया था। इतने दिनों पश्चात् पति को देखने का उल्लास सुन्दर चेहरे पर राहस्र किरणें छोड़ रहा था।

"पर देखो न, हमारी चाँद तो हमारे आते ही देहात चल दी—सुना उसकी भाभी को हैजा हो गया है, मुझे तो डर है कहीं उसे भी कुछ न हो जाए।"

'भगवान करे, उसे देहात पहुँचते ही महामारी लील जाए!' मैंने मन ही मन कहा। उधर जे.के. ने अधैर्य से हाँक लगाई, "मानो, मानो!"

"देखा, कैसे बौराए जा रहे हैं, लाज-शरम कुछ नहीं है इन्हें," उसने कहा और व्रीड़ा का अबीर पूरे चेहरे पर ऐसे छलक गया, जैसे अभी-अभी डोले से उतरी चौथ की दुल्हन हो। वह चली गई, पर कहते हैं कि खून एक दिन स्वयं बोल उठता है। हत्यारे ने हत्या का एक-एक निशान तो मिटा दिया, पर फिर चूक ही गया। ठीक बारह बजे रात को किसी ने मेरा द्वार खटखटाया। मैंने पूछा, "कौन?"

"मैं हूँ मानो!" उसने क्षीण स्वर में कहा। मैंने द्वार खोला तो उसे देखती

ही रह गई। रूखे बाल, उतरा चेहरा और फूली-फूली आँखें।

"अरे तबीयत ठीक नहीं है क्या? आओ, आओ, भीतर..." मैंने कहा।

"नहीं..." वह फुसफुसाई, जैसे नींद में चल रही सौम्नेबुलिस्ट हो, "...मैं जा रही हूँ, बाहर रिक्शा खड़ा है..."

"क्या?" मैंने अविश्वास से पूछा, "कहाँ जा रही हो?"

"यह देखो।" उसने गिलट के घुँघरू जड़े कई काँटे मेरे पैरों के पास ऐसे फेंक दिए जैसे हाथ में कुलबुला रहे बिच्छू हों। "मुझे ये जे.के. के तकिये के नीचे मिले। ये न भी मिलते तब भी मैं समझ गई थी। इतने दिनों बाद मैं लौटी और वह पीठ फेरकर सो गया। ठीक जैसे भरे पेट शिशु सोता है। मैं तकिया खिसकाने लगी तो ये काँटे–" उसका कंठ एक पल को वाष्पस्तम्भित हुआ, पर फिर वह आवेगहीन स्वर में कहने लगी, "वह हमेशा जूड़े के काँटे खोलकर सिरहाने रखकर सोती थी। कई बार मेरे कमरे में भी तो सोई थी। कहती थी, 'काँटे गड़ते हैं ममी, जब तक खोलकर तकिये तले न धर लूँ, नींद नहीं आती...।' " आँसू की दो बड़ी-बड़ी बूँदें उसके कपोलों पर ढुलक गईं।

"हो सकता है, जे.के. को ब्लैकमेल करने को जान-बूझकर ही छोड़ गई हो। उस हरामज़ादी को मैं खूब जानती हूँ..." मैंने अपनी दुर्बल दलील को कंठस्वर कठोर बनाकर पुष्ट करने की चेष्टा की, "आजकल तो यही सब हो रहा है। अर्थी में चढ़ने को तैयार बूढ़े मन्त्रियों तक की निर्मम चरित्र-हत्या की जा रही है।" मैं फिर अपने नवीन तर्क से स्वयं ही उल्लसित होती हुई बड़े उत्साह से उसे समझाने लगी।

"नहीं!" कड़ककर मानो ने कहा, "किसी ने उसके चरित्र की निर्मम हत्या नहीं की। उसका चरित्र, अपनी कुदरती मौत से मरा है।"

"तुमने उससे कुछ पूछा नहीं?" मैंने कहा।

"किससे–जे.के. से?" वह हँसी, उस अँधेरी रात में सतर खड़ी उस उज्ज्वलवर्ण युवती का चेहरा कितना करुण, कितना सुन्दर लग रहा था, कैसे लिखूँ? न ललाट पर बिन्दी थी, न हाथों में चूड़ियाँ, सफ़ेद साड़ी से मेल खा रहा सफेद चेहरा! लगता था, अपने ही हाथों से अपना सुहाग उतार कोई सद्यःवैधव्यदग्ध पाषाण हृदया विधवा ही मेरे सम्मुख खड़ी है। वह कहने लगी, "मैंने जगाकर पूछा, 'जे.के., ये चाँद के काँटे तुम्हारे तकिये के नीचे कैसे आ गए?' उत्तर उसने नहीं उसके चेहरे ने उसी क्षण दे दिया, 'मैं नहीं जानता, मैं नहीं जानता...' वह बुरी तरह हकलाने लगा। मुझे उस पर तरस भी आ गया,

लगता था अभी-अभी रो पड़ेगा। जिस कठोर पति की कड़क सुनकर मैं थर-थर काँपती थी, आज उसे ही मेरी कड़क थर-थर कँपा रही थी। 'पता नहीं कौन छोड़ गया इन्हें,' वह बिस्तरे पर ही बैठकर नमाज-सी पढ़ता स्वयं बड़बड़ाने लगा, 'मैं नहीं जानता...मैं नहीं जानता...' पर मैं जान गई थी कि उन काँटों को वहाँ कौन छोड़ गई थी। उसने क्या काँटे ही छोड़े थे? वह तो अपने सस्ते इत्र की खुशबू जे.के. के तकिये, चादर, हर कमीज, हर रूमाल की बखिया में गूँथ-गूँथकर छोड़ गई थी। अच्छा हुआ, बेबी को मैं वहीं छोड़ आई। अच्छा चलूँ बहन..."

"इतनी रात को तुम अकेली स्टेशन कैसे जाओगी?" मैंने घबराकर पूछा।

"चली जाऊँगी, अब मुझे जीवन-भर अकेले ही तो चलना है, यह क्यों भूल जाती हो?" उसकी करुण हँसी मेरा कलेजा बींध गई। मैं ही तो उसके इस दुर्भाग्य के लिए उत्तरदायी थी।

"जहाँ भी रहूँगी, हमारी मैत्री की स्मृतियाँ, मेरे जीवन की सबसे सुखद स्मृतियाँ रहेंगी," उसने चलते-चलते मेरे दोनों हाथ अपनी मुट्ठी में बाँध लिए।

कंठ का गह्वर घुटककर मैंने उसे भीतर खींचने की व्यर्थ चेष्टा की।

"आज रात को सोच लो मानो, जीवन-भर का रिश्ता ऐसे नहीं तोड़ा जाता..."

"मैंने नहीं तोड़ा बहन, वह तो विधाता ने तोड़ दिया है। मुझे मत रोको। गाड़ी तो सुबह पाँच बजे जाती है, पर तीस फ्लैटों की आँखें सुबह मुझे घूरें, चीरें, फाड़ें, यह साहरा नहीं है मुझमें...वह तो बेबी डैडी के पास रह गई; वह होती तो पूरी बस्ती में खबर फैल जाती कि हम आ गए। सिवा तुम्हारे और शायद किसी ने भी न मुझे आता देखा न जाते!"

मैं उसे रोक नहीं पाई।

सचमुच ही शायद उसे किसी ने नहीं देखा था, क्योंकि कहीं भी उसके आगमन और मायके प्रत्यावर्तन की चर्चा नहीं हुई। उसके जाने के ठीक सातवें दिन चाँद अवश्य लौट आई। मैं एक दिन उठी तो देखा, सिंहिका अपने प्रिय गढ़टीले पर जमी है। वह नीलवर्णी गरारा और चमकता दुपट्टा। जी में आया, उस तुंगकुचा, निर्लज्ज कलूटी को धक्का दे नीचे गिरा, पच्च से मुँह में थूक दूँ। मुझे देखकर भी उसने न नित्य की भाँति हाथ जोड़े, न हँसी। पहले आइस्क्रीमवाले को रोककर चार बाल्टियाँ खरीदीं, तीन के दाम देने लगी तो

उसने दाम और माँगे। बड़ी अदा से गर्दन झटककर वह बोली, "शाम को घर पर आकर दाम ले लेना—समझे?" उस उदार आश्वासन से काने की बुझी आँख भी जैसे दप्-से जल उठी—"हाँ—हाँ, पूरी गाड़ी तुम्हारी है भवानी!" वह गाड़ी ठेलता चला गया तो देखते ही देखते उसने एक साइकिल-सवार को अपने कटाक्ष के काँटे से खींचकर धरा पर पटक दिया। जल बिन मीन-सा तड़पता वह मोटा शिकार भी सन्ध्या को घर आने का मीठा निमन्त्रण लेकर गद्गद होकर चला गया। फिर आया पठान-सा ऊँचा उसका पूर्वपरिचित रिक्शा-चालक। मैंने अतीत के उस स्नेही मौसिया को पहचानने में भूल नहीं की।

"चलोगी नहीं?" उसने पूछा, "टैम हो रहा है..."

"नहीं, आज हम नहीं जाएँगे, दिल उदास है," एक चोटी को पीछे फेंक वह चाबी का गुच्छा हवा में उछालने लगी। किसी प्राचीन मन्दिर की भित्तिचित्रांकित कन्दुकक्रीड़ारता सुरसुन्दरी की ही भाँति वह सहसा बंकिम मुद्रा में खड़ी हो गई।

'कैसा दिल उदास है चोट्टी का!' मैं मन-ही-मन दाँत पीसकर बुदबुदाई, 'क्या उदार स्वामिनी के निष्कासन से ही दिल उदास था उसका!'

"वाह, हम तो टेसन की सवारी छोड़कर आए हैं आपकी खातिर!"

"अच्छा चलो!" प्रणयी के अनूठे त्याग ने शायद उसकी उदासी का मेघखण्ड उड़ा दिया। उसने दोनों हाथों से गरारा ऐसे उठाया जैसे विदेशी चलचित्र की तारिका अपना भारी गाउन उठाकर मखमली फर्श पर चल रही हो। वह मुस्कराकर रिक्शा में बैठी तो चालक ने एक फर्शी लगाकर पूछा, "कहाँ चलूँ सरकार?"

पता नहीं उसने क्या कहा, पर अपना सस्ता चश्मा ठीक कर खर्र से पैडल मारता हवा में तैरने लगा।

कभी सोचती थी—क्या सोचकर उसके माँ-बाप ने इसका नाम धरा होगा 'चाँद'। पर अब सोचती हूँ, इससे बढ़िया नाम इसका और हो ही नहीं सकता था। गगन के चन्द्र के धरा पर चरण रखते ही तो मानव अपना शारीरिक सन्तुलन खोकर शून्य अन्तरिक्ष में, हाथ-पैर छोड़कर, तैरने लगता है और धरा के इस चन्द्र के सम्मुख आते ही मानव उसी विवशता से अपना सन्तुलन खोकर मूर्ख बना शून्य अन्तरिक्ष में बौराने लगता है!

●●●